時間を止めてデレまくる、最強無敵の黒乃さん
滝浪酒利
イラスト：うなみや

（ああ、もう、朝っぱらから何を言ってんだ、お前はっ〜〜!!）
大丈夫？……びっくりした、急に転ぶから

「ああ、もう～～っっ!!
甲斐くん、大好きですっ――!!」
は、はい……

すれ違う二人

……むにゃ、かい、くん……すき、だい、しゅき……すぴー
（じょ、冗談だろ……）

「ありがと。ねえロウ君、そういえばまだ聞いてないなー。わたしと詩亜ちゃんの、メイド服の感想」

その、あまり見つめられると……
弓道部喫茶店@文化祭

身辺調査書

ふりがな　くろの しあ

氏名　黒乃詩亜

年齢　17才　性別　女性　身長　160cm

コードネーム　クロノシア

備考

高校二年生。弓道部所属。

国際警察機構・秘密天秤部所属。

S級エージェント。

時間停止能力者。

好き

甲斐郎

身辺調査書

ふりがな　かい ろう

氏名　甲斐郎

年齢　17才　性別　男性　身長　172cm

備考

高校二年生。弓道部所属。

悪の組織に与する。

時間を止めてデレまくる、最強無敵の黒乃さん

滝浪酒利

MF文庫J

口絵・本文イラスト●うなみや

目次
contents

012	プロローグ		
020	第一章	最強の能力者はいかにして、平凡な男子高校生に恋をしたのか
050	第二章	その女、かわいすぎにつき
079	第三章	彼は平凡な男子高校生であり、それは嘘《うそ》である
120	第四章	そして、少年は夜に訪ねる
148	第五章	青春クロノス
192	第六章	止まらぬ想《おも》いの初デート、そしてパパ
232	第七章	動き出す妹
256	最終章	そして恋と時間は交差する
289	エピローグ	

プロローグ

朝、日本国内、北海道のとある寂れた漁港。

放置されて久しい廃倉庫の一角で、人目をはばかる違法な武器取引が行われていた。

「どれもおススメですよ」

トレンチコートの外国人武器商人が、コンテナから取り出した目玉商品を、顧客のヤクザたちに向けてアピールしている。

「例えばこれなんか。5・56ミリアサルトライフル、米軍の中古品ですが、弾薬も込みでお安く数を揃《そろ》えられますよ。なんと今なら、ご一緒にウォーターサーバーもつけられます」

「ウォーターサーバーはいらん」

白いスーツを着たヤクザの若頭は、ドスの利いた声で即答した。

「それより、もっと強い銃あるか？　俺たち暴力団を合法化するために国会議事堂を制圧したいんだ。昔映画で見た、もっとデカくてズドドドって撃つ奴《やつ》が欲しいんだが」

「えーと、たぶん塹壕《ざんごう》陣地制圧用の13ミリ重機関銃ですかね？」

「知らんけど、多分それな気がする」

「分かりました。ちょっと待っててくださいね」

武器商人は部下に指示して、一回り大きなコンテナをずずっと前に出した。

「重機関銃はお高いですよ。人気商品ですからね。ウォーターサーバーをご一緒に契約してくれれば多少お安くできますが……」

「ウォーターサーバーはいらん。さっさと本題を見せろ」

「そうですか」

大袈裟《おおげさ》にため息をついて、武器商は顧客の要望通りコンテナを開けた。

しかし、分厚い木箱の中に入っていたのは黒光りする機関銃……ではなく、つい先ほどまで会話をしていたヤクザの若頭だった。

それも、ボコボコにされて鼻血を流し、気絶した状態で詰め込まれていた。

驚いた武器商人が、思わずその場に尻もちをつく。

事態に気付いたヤクザたちも、拳銃や短刀を取り出して周囲を警戒する。

一瞬の緊迫が、薄暗い倉庫を走り抜けた。

そんな物々しい静寂を破ったのは、凛《りん》とした少女の声だった。

「――全員、そのまま動いてても動かなくても、好きにしなさい」

いつのまにか、コンテナに本来入ってたはずの13ミリブローニング重機関銃が、取り出され、組み立てられ、倉庫のド真ん中に三脚で立ち上がっていた。

だが、着目すべきはそこではない。

その鈍く光る機関部を椅子代わりに、黒髪の少女が一人、泰然と腰かけていたのだ。

「な、何者だ！　お前は」

動転した武器商人の誰何《すいか》に、少女はゆっくりと立ち上がった。

高窓から差し込んだ朝日が、夜露を思わせる濡《ぬ》れ羽色のロングヘアにきらめいた。

どこか――この辺りの地元ではない高校の制服に身を包んだ長身。雪のように白い顔立ちは端整極まりない美少女ながら、作り物のような無表情で微動だにしない。

そして、ほのかに赤い瞳を冷たく細めて、少女は判決文のように短く答えた。

「時間です」

「は？」

「あなたたちの、終わりの時間です。せいぜい噛《か》みしめなさい。人間未満の犯罪者風情が、地面に二本足で立っていられる最後の機会を」

「とは言っても、生憎《あいにく》ですが残り時間の方は」

そして次の瞬間、
少女の右目が、一際赤く輝いた。

「もう一秒だって、ありませんが」

そして、全ては一瞬の出来事だった。

武器商人とヤクザたち。その場の全員の手足の骨が粉砕されると同時、頭から床に叩《たた》きつけられ、例外なく気絶する。

一秒の後、その場に立っていたのは、謎の女子高生ただ一人だった。

少女はスマホを取り出し、担当オペレーターへ連絡を入れる。

「私です。終わりました」

『お疲れ様です。エージェント、クロノシア』

それが、彼女の名前だった。

コードネーム、クロノシアこと黒乃詩亜《くろのしあ》。17歳。

『評判通りの見事な手際ですね。後処理はこちらで行います。近くにホテルを取ってありますので、今日は学校も休んで、東京の自宅へは明日帰宅を――』

「いいえ。今、すぐに帰ります」

『え？　で、ですが、東京での急ぎの任務は今のところ何も――』

「あります。だから帰ります。交通機関の手配は必要ありません。走るので」

東京都内の高校に通う二年生であり、日夜世界の犯罪組織と戦う国際警察機構・秘密天秤部《シークレットトリブラ》に所属するS級エージェントであり、

『は、走るって……ええと、そこから東京まで直線距離で約９００キロありますが――』

「そうですね。だから私なら、一秒もかかりません」

世界最強の、異能力者である。

スマホを切ると同時、黒乃の右目が真紅に輝き、能力が発動する。

その瞬間――。


世界中から、あらゆる音が消えた。動きが止まった。

突然に歩みを止めた静寂に、響く足音はただ一人。

ここよりは黒乃詩亜だけが動くことを許された、黒乃詩亜だけの世界。

時間停止。

これが、彼女の異能力。

黒乃は手首の腕時計を見る。歩みを忘れた秒針は午前6時で止まっていた。

そのまま、少女は寂れた倉庫を後にし、昇りかけたままの朝日を見て方角を確認する。

そして、時間の凍りついた海へと駆け出した。

時を止められた海面はダイヤモンドより硬く、しかしトランポリンより凄《すさ》まじい反発力で踏み出す一歩を押し返す。少女は異能力者に特有の常人離れした身体能力で、指数関数的に跳ね上がる反発を巧みに制御し、全てを前進運動へと変換した。

というわけで瞬く間に、黒乃の疾走は音速を超えた。

停止した津軽海峡を渡って本州へ、そのまま東京まで直線でぶち抜いてゆく。

程なく、黒乃は自宅マンションの玄関先へ着弾した。

玄関ドアを開けて靴を脱ぐと、少女は一度呼吸を落ち着けた。

それは極度の運動による疲労、などでは全然なく。

これから待ち受ける、毎朝の個人的なウルトラ最重要任務に向けての緊張が、彼女の動《どう》悸《き》を激しくしていた。

「ふう……さて」

時間停止を解除して、電気とガスを使えるようにする。

手早く服を脱ぎシャワーを浴びる。細身ながら女性らしい抜群のスタイルを、たっぷりのボディーソープをつけたモコモコのスポンジで、返り血と汗を入念に洗い落とす。

浴室を出てドライヤーで髪を乾かしてから、洗面台の前で再度、黒乃《くろの》は時間を止めた。

替えの制服に着替え、鞄《かばん》を持って玄関まで歩き、姿見の前に立つ。

学校の夏季制服。半袖の白シャツと、やや短くしたチェックの藍色スカートが映る。

黒乃はおもむろに、サイドで髪を止めるリボンを十回ほど結び直した。

「……よし。これで大丈夫なはず、です」

無表情のまま、黒乃はどこか不安そうにつぶやいた。

幾千の刃物と銃口に取り囲まれても、少しも動じない心臓が、高鳴っていた。

今にも張り裂けそうな鼓動が、時の止まった世界で早鐘をうっている。

黒乃は時間停止を解除して、玄関ドアの前で聴覚に意識を集中した。

程なく、彼女の聴覚は、隣の部屋のドアが開く音を捉えた。

タイミングを合わせて、細く白い指先が震えながらノブを回す。

出迎えてきた初夏の陽射《ひざ》しに、ほのかに赤い瞳をやや細めると、黒乃はさも偶然を装いつつ横を振り向き、計画通り同じタイミングで出てきた少年へ声をかけた。

マンションの隣部屋に住む、彼に。

「おはようございます。甲斐《かい》くん」

「おはよう、黒乃さん。なんか最近、よくタイミング被《かぶ》ってない？」

「偶然ですね。ところで」

白い短髪の男子。半袖ワイシャツの中肉中背。

同じ高校に通う、クラスメイトの男子高校生、甲斐郎《ろう》。

「折角《せっかく》なので、今日も、い……いっしょに、学校へ行きませんか？」

「いいよ。話し相手がいた方が楽しいし」

やったと内心だけで叫ぶ黒乃は無表情のまま、甲斐の隣に並んで歩き出した。

黒く艶《つや》めく髪の横で、細いリボンがうきうきと揺れる。

世界最強の異能力者、時間停止能力を行使する国際警察機構・秘密天秤部《シークレットトリブラ》所属、S級エージェント。コードネーム、クロノシアこと、黒乃詩亜《しあ》。

彼女は、恋をしていた。

第一章　最強の能力者はいかにして、平凡な男子高校生に恋をしたのか

1　――side 黒乃詩亜《くろのしあ》――

黒乃詩亜は、普通の高校生ではない。

その正体は国際警察機構・秘密天秤部《シークレットリブラ》のＳ級エージェントとして、世界中の犯罪組織を日夜人知れず血祭りにあげている、正義の秘密組織の一員なのである。

そんな彼女は今まさに――好きな男子と二人きりで、登校中だった。

「甲斐《かい》くんは、今日も朝練ですか」

「うん。昨日、弦替えたばっかだから。放課後までに少し軟らかくしときたいし」

彼女の隣を歩く少年の名は、甲斐郎《ろう》。

身長１６０㎝の黒乃よりは少し高いというぐらいの平均身長、とりあえず短くしましたというような髪はくすんだ白色で、曰《いわ》く地毛らしい。

黒乃はちらりと、すぐ隣を歩く少年の横顔を眺めた。

険の無い、穏やかな顔立ちだ。美形という程ではないが鼻筋は高く、どこか人の好さそうな雰囲気を醸し出している。

成績は普通で、運動も苦手にしてはいないが、特に秀でているわけではない。特異な髪色を除けば、本当にごく普通の男子高校生だ。

けれど、黒乃はそんな彼のことが、好きだった。

訂正。大好きだった。

(……甲斐くん。今日も素敵です。控えめに言って食べたいぐらい)

「もう夏だなあ」

来月にはもう文化祭か、と呟《つぶや》くように甲斐は言った。

アスファルトを照り付ける六月の陽射《ひざ》しは、じりじりと熱い。

黒乃は前を向いたまま、即座に適切と思われる情報を提供した。

「今日の日中最高気温は34度。湿度は62%のようです」

「天気予報、毎日見てるの？」

「はい。他にもニュースは国内外を一通りチェックしています。なにかお好みの話題はありますか？　政治経済ナショナルジオグラフィック、どんな雑談にも全力で対応します」

「雑談に全力とはこれ如何《いか》に。ええと、じゃあ、そうだ。今日の朝ご飯って何食べた？」

「……食べ忘れました」

きまりが悪そうに黒乃が答えると、甲斐は苦笑した。

「むう。そう言う甲斐くんは、朝食はしっかり食べたのですか？」

「ああ。ご飯とみそ汁とシャケの切り身とアスパラガス」

「健康的ですね。とても良いことだと思います」

「ありがと。でも朝飯食ったぐらいで褒められると、なんか照れくさいな」

そう言って、甲斐《かい》は頭をかいてはにかんだ。

二人は偶然にも同じマンションの隣同士で通う学校も同じで部活動も同じ、そして半年ほど前からこうして度々、一緒に登下校している仲だった。

（よし。今日も仲良くお話できてます。……そろそろ、告白してきてほしいのですが）

黒乃《くろの》の視線に、ひそかな期待がこもる。

しかし甲斐は、言葉にも顔にも出ていない乙女心をどうやら読解できないらしく、きょとんとした顔で訊《たず》ねるだけだった。

「？　黒乃さん、俺の顔になんかついてる？」

「いえ。すみません、気のせいでした」

黒乃は誤魔化《ごまか》すように、彼の顔から目を逸《そ》らした。

知り合い以上友達未満。それが、この一年弱の二人の関係を表す言葉だった。

なぜならば、一緒に登校あるいは下校しながら話をする、以上のことは何もないのだ。

普通ならば脈なしを悟りそうなものだが、黒乃は普通の女子ではない。

幼いころからエージェントとして訓練と任務に明け暮れてきた彼女は、小中の義務教育を経験せず、同年代の異性と接した経験もなかった。勿論《もちろん》、恋愛経験などあるはずもない。

そんな黒乃に、恋愛における間合いを感じ取ることなど無理な相談だった。

とは言っても彼女とて、そろそろ決定的に距離を縮めたいと思っているのだが。

（もういっそ、私から告白すべきなのかもしれませんが……で、でも、恥ずかしくて、こ

わくて……ぜ、ぜったい無理です）

想像するだけで、少女の喉は干からびて、鼓動は爆発寸前になる。今までどんなに凶悪で巨大な犯罪者を相手にしても、緊張なんてしたことなかったのにもかかわらず。

「……あの、やっぱり俺の顔なんかついてる？」

「な、なんでもありません」

無意識につい甲斐を見てしまう視線を、言い訳とともに再び逸らす。

（うう〰〰……そ、そもそも甲斐くんが悪いのです。私の視線が気になるなら、もっと、こう追及してくるというか、そっちからグイグイきたらどうですか！）

逆恨みや恋心が、一緒くたになった胸の気持ちを無理くりに丸めて追いやって、そこでふと黒乃は思い出した。

（……そういえば昨日見かけたウェブ広告のマンガに、偶然手が触れ合ったのをきっかけに男女が仲良くなっていく展開があったような）

鋭く、黒乃の猛禽《もうきん》類のような視線が、隣で揺れる甲斐の手を捉えた。

（やりますか）

黒乃はごくりと、覚悟を決めた。

そして――少女の右目が真紅に輝き、**時間が止まる。**

そよ風と鳥のさえずり、朝の世界もろとも、横並びで歩いていた甲斐の動きが止まる。

黒乃はその手を、ぎゅっと握った。

一秒、二秒三秒……一分はとうに過ぎ、五分が経《た》っても時間を止めたまま、黒乃《くろの》は顔を赤らめながら、もはや手を握るというより撫《な》でまくっていた。

（うおお〰〰、か、甲斐《かい》くんの、お、お、お手て、やっべえええです！　ざらざらして、ごつごつで、かたくて……あったかくて、永遠に触ってたいですねこれ）

言うまでもなく半分以上セクハラだが、咎《とが》める者は誰もいない。

時の無い世界では、法も倫理もコンプラも、恋する乙女の胸先三寸。

そして当初の目的を逸脱しつつあるが、一応黒乃なりの算段は以下の通りだ。

このまま十分に堪能したら、甲斐の方から手を握らせた状態にして、停止を解除すればいい。すると甲斐からすれば、いつの間にか黒乃の手を握っている状況になり。

『か、甲斐くん、無意識で手を握ってくるなんて、もしかして私のことが』

『そ、そうなんだ。実は俺ずっと黒乃さんのことが――』

となるはずだと、都合のいいソロバンをはじきつつ、想《おも》い人と無断で手を触れ合わせること、主観時間にして大よそ一時間。

「あ、やべ」

夢中になるあまり、黒乃はそのまま能力の停止限界を迎えてしまった。

時間が動き出すその寸前、黒乃は素早く、甲斐の手を放す。

ギリギリで、停止中の己の行為がバレることは防いだ。が、しかし。

代わりに少女の体は、咄嗟《とっさ》の勢いでぐらりと後ろ向きにバランスを崩してしまった。

このままでは後頭部からアスファルトに一直線。既にローファーのかかとは地面を離れてしまい、激突までの猶予は一秒もない。

時間停止は間に合わない。連続した発動には、最低でも数秒のインターバルが必要なのだ。

だが所詮、転んだ程度ではノーダメージである。まあいいかと思いつつ、黒乃は無意識に受け身を取って――しかし、身構えたはずの衝撃はなかった。

「え……？」

その代わりに、背中を回って、背を支える他人の手の感触。

咄嗟に腕を伸ばしたらしき甲斐が、黒乃の体を受け止めていた。

「黒乃さん、大丈夫？　……びっくりした。急に転ぶから」

甲斐は、呆然《ぼうぜん》と自分を見上げる黒乃と目を合わせて、言った。

「あの、どっか怪我《けが》したりしてない？」

「……は、はい」

呆然と、己の置かれた状況を認識して、黒乃の思考回路は爆発した。

（わ、たし、もしかして今、甲斐くんに、だ、抱きしめられ、て……!?!?!?）

抱きしめるというほどロマンチックな絵面ではなく、地面すれすれの黒乃を支える甲斐は割と無理な体勢なのだが、その辺りの事実を少女は認識から省略した。

黒乃は己の顔に、血と熱が一気に集まるのを感じた。

胸が高鳴る。我慢できない。

だから、少女はもう一度**時間を止めて、叫ばずにはいられなかった。**

「ああ、もう〰〰っっ!!　甲斐《かい》くん、大好きですっ——!!」

2　—side 黒乃詩亜《くろのしあ》—

黒乃詩亜は端的に言って、モテる。

入学してから一年と少し、異性から告白された回数は両手の指でも足りない。

ゆえに自分の容姿が客観的に優れているというのは、本人も十分自覚していた。

そしてこの日も、朝練を終えた黒乃が教室へ向かっていると、それは起きた。

「ごめん。少しいいかな、黒乃詩亜さん」

黒乃は足を止め、横合いからかけられた声に視線を向けた。

立っていたのは、見知らぬ男子生徒だった。

筋肉質の長身、赤く染めた髪と細い眼鏡が印象的な少年だ。

「突然申し訳ない！　俺は二年五組の丸栖阿蓮《まるすあれん》です。あ、あなたに一目惚《ひとめぼ》れしました。もしよろしかったら、俺とお付き合いしていただけないでしょうか！」

「は？　嫌ですが」

かひゅ、と絶望的なかすれ声を漏らした彼に、黒乃は容赦なくトドメを刺した。

「申し訳ありませんが、あなたに一切興味が湧きません。では失礼します」

それだけ言って、黒乃は何のためらいもなく立ち去った。

そして彼女が教室に入った時、その噂《うわさ》はもう広まっていた。

「ねえ聞いた、黒乃さん。さっきサッカー部の丸栖君に告られて、フったんだって」

「うっそ、あの五組のイケメン？　マジか。いいなー、アタシなら絶対オーケー出すのに」

「理想のハードル鬼高なんじゃない？　まあ美人だし、でもお高く止まりすぎかよ」

どうでもいい。黒乃は女子たちの下世話な噂話を、あっさりと意識から切り離した。

世界最強の異能力者であり、正義の秘密組織のエージェント。そんな黒乃にとっては、先ほど告白してきた男子を含めて、同年代の少年少女など微生物と同程度。意識して生活するにも値しない虫けらなのだ。――ただし、何事にも例外はある。

「おはようございます。朝練ぶりですね、甲斐くん」

「ああ、おはよう。挨拶、二度目だね」

黒乃は先に着席していた甲斐の、その隣の席に座った。

もちろん偶然ではない。二か月前の始業式の日、席決めのくじ引きの際、時間を止めて細工したからだ。付け加えるなら、クラス内で「かわいい」や「美人」などと評される女子生徒は〝自分以外〟全員、甲斐から離れた位置になっている徹底ぶりである。

黒乃詩亜。彼女は無自覚に、独占欲が非常に強かった。

閑話休題。甲斐はどうやら、期限が今日までの英語の課題をやっているようだった。

「甲斐《かい》くん、その課題ですがもしかして、まだ終わっていないのですか？」

「ああ、英語苦手だから後回しにしてたらつい……」

「良かったら教えましょうか？　私、英語は得意です。というか全教科得意です」

嘘《うそ》でも誇張でもなかった。能力を使えば学習時間は幾らでも作り出せる上に、勉強そのものも不得意ではない黒乃《くろの》にとって、テスト全教科満点キープなど容易《たやす》いことである。

「いや、ありがたいけどいいよ。自分でやらなきゃ意味ないし」

「……そうですか」

しかし、甲斐は思いの外、生真面目だった。そういうトコロも素敵ですと、黒乃の内心でポイントが自動加算される。

「あの、ヒントだけでもいかがですか」

「じゃあ、ヒントだけなら」

「問二の答えはｂです」

「……ありがとう。後は自分でやるよ」

そう言ってテキストに向き合う甲斐を横目で見ながら、黒乃は思った。

（そういえば甲斐くん、どうして……私に何も聞いてこないのでしょうか）

何を。朝、自分が見知らぬ男子生徒から告白された噂《うわさ》を、だ。

もうクラスの一部でこれだけ持ちきりなのだ。きっと彼の耳にも入っているに違いない。

どうして聞いてくれないのだろうか。聞いてくれたら、ちゃんと説明できるのに。あんな男に興味などないし、断じて一切合切好きでも何でもないからその場で断ったと。

（もしかして、私に、そこまで興味がないのでしょうか……）

ちくりとした痛みから、黒乃が胸をそっと押さえたその時、チャイムが鳴った。

そしてホームルームの開始時刻からやや遅れて、担任教師がやってきた。

「おはよう。出欠とるぞー」

「先生、遅刻じゃないですか？」

「何を言ってんだ。俺が教室に来た瞬間がすなわち開始時間だ」

「でもチャイムが」

「ぴんぽんぱんぽーん。はい、今鳴った。というわけでさっきのはお前の空耳だ」

おどけたようにチャイムをマネする担任教師。朝のクラスに、ささやかな笑いが起こった。

隣の席の甲斐もまた、控えめな愛想笑いを浮かべていた。

そんなクラスの中でただ一人、黒乃だけは取り残されたように無表情のままだった。

黒乃詩亜《しあ》は、笑顔がつくれない。正確には、人前で表情を動かせないのだ。

その理由は――不意に、遠い昔の記憶が、少女の脳裏によみがえった。

『いいか、詩亜。誰にも隙を見せるな。いや、そもそも隙を作ってはいけない』

なぜならば。

『お前は、最強無敵の兵器、それ以外の何物でもないのだから』

黒乃《くろの》は思う。笑えないとは、他人と気持ちを共有できないことなのだと。

何かを楽しいと、好きだと思う気持ちを、他者と面と向かって分かち合えないということ。

しかし彼女にとって、大多数の他人など至極どうでもいい。

重要なのは、ただ一人。

(甲斐《かい》くん……)

彼と、楽しいを分かち合えない、想《おも》いを重ねられない自分は、嫌だと思う。

小さな嘆息を一つ。右目が輝き、黒乃は気晴らしのように時間を止めた。

しんとした静寂に包まれ、動きを失う教室。

黒乃はくるりと椅子ごと横に回り、甲斐へと向き直った。

「私は、どうすればいいと思いますか、甲斐くん」

答えはない。時間が、止まっているからだ。

ふと、黒乃は教室の窓ガラスに向かって口角をあげ、笑顔らしき表情をつくった。

誰にも見られていないこの世界でなら、黒乃は表情筋を動かすことができた。

けれど、意味はないのだ。

この時間に起きることは、彼に見せられないし、伝わらない。

「どうすれば……あなたと、もっと仲良くなれますか」

やはり答えはなく。時間の止まった世界に、真の意味での沈黙がおとずれた。

大きなため息をついて、黒乃は頭を抱えた。

思いもよらなかった。国際警察機構・秘密天秤部《シークレットトリブラ》のS級エージェント、最強無敵のクロノシアが、まさか、こんな感情に振り回されるなんて。

どうして、こんなことになったのだろう。

黒乃はぼんやりと、止まった時の中で、その切っ掛けに思いを馳《は》せた。

甲斐の横顔を、つんつんしながら。

3　―side 黒乃詩亜《しあ》―

一年と少し前。桜の散り切った四月の末。

黒乃詩亜は都内の高校に入学した。

それは彼女の所属する国際警察機構内部、倫理委員会の意向だった。曰《いわ》く、これまで軽視されてきた組織内の未成年能力者の人権尊重のため、適切な教育機会を与えるのだと。

都内のマンションに入居し、入学に必要な諸々《もろもろ》を渡された際に、黒乃はそう説明された。

「要は福利厚生の一環です。一度しかない高校生活、ぜひ友達を作って楽しんでください」

担当者の言葉に、黒乃はこう答えた。

「どうでもいいです」

友達など要らない。同年代の少年少女など、ワラジムシと同程度にしか思えない。

黒乃《くろの》にとって重要なのは、任務だけだった。

無敵の能力を存分に発揮し、己の最強を証明すること。それ以外はどうでもよかった。

ゆえに春めく高校生活に対するモチベーションなどさらさらなく、出席以外は適当にやり過ごそうと黒乃は当初から考えていた、のだが。

「ああ、それと、部活動や行事には必ず参加してください」

「なぜですか」

担当者曰《いわ》く、学生としての青春を保証するという倫理委員会の意向は、遂行義務をともなうらしかった。スコアチェックも行い、低い場合は専門家が青春を指導するという。

面倒だ。すごく面倒だ。しかし、命令ならば従う他ない。

そんな次第で、黒乃は嫌々ながら入学式の後にオリエンテーションで配布された、各部活動を紹介するパンフレットを開いたのだった。

「バレー、バスケ……団体競技はパスですね。個人競技か、文化系で何かあれば……ん？」

ほのかに赤い瞳に留まったのは、弓道部のページだった。

黒乃は二度見した。弓道、つまり弓矢を使用するのだろう。

「……現代で？　いま、令和ですよね」

義務教育期間を訓練と任務で潰し、高校生から学校に通い始めた黒乃には、一般的な部活やスポーツの知識に乏しい。それゆえの、率直に過ぎる感想だった。

「いいですね。原始的すぎて、逆に興味が湧いてきました」

紹介ページを読むと、新入生向けの体験入部が開かれているようだった。

（まあ、私は最強無敵の現職戦闘エージェントですし、どんな時代遅れ武器だろうが華麗に使いこなすなんて朝飯前ですが）

自信満々、半ば冷やかし目的で、黒乃は放課後の体験入部に足を運んだ。

校舎外れの弓道場。寂れたとまではいかないが、古い建物だった。それに、あまり人気の部活ではないのか、指導役の先輩部員と体験希望者を合わせても十数名ほどだった。

「はい。これが弓道で使用する和弓です。危ないから、まだ矢は番《つが》えないでね」

他の体験入部者と並んで、黒乃は渡された弓を見よう見まねで素引きした。すると。

「あ」

ぐいん、ばきっ。黒乃の人間離れした腕力のせいか、カーボンファイバー製の和弓は哀れにも、鳥打から無惨にへし折れた。

「え、いや、ええ……？　き、君、す、すごいね……」

「……すみません」

明らかに狼狽《ろうばい》している先輩部員に謝罪しつつ、黒乃自身もショックを受けていた。

確かに彼女は今まで、常人では達成不可能な数多《あまた》の任務を見事に成功させてきた。

しかしながら、やってきたことは単純明快。時間を止めて、殴る、蹴る、あとたまに撃つ。それだけだ。

つまり黒乃詩亜《しあ》は、自分で思っているほど器用な人間ではなく。むしろ、その対極に位置する人種――筋金入りの脳筋だった。

そんな彼女が、全身の体幹と筋肉を適切に使用し、集中力と平静さを要求される、弓道という競技を初心者の分際で鮮やかにこなせるかと言えば、できるわけがないのである。

「……く、屈辱です」

だが、所詮は原始時代の競技と一度高をくくったプライドにかけて、やっぱりできませんでしたなど、死んでも認められないのもまた彼女の性《さが》であった。

よって、もう一度謝罪して、新しい弓を貸してもらおうとしたが。

「ご、ごめん。弓って結構高くてさ……だから、ね？　申し訳ないけど、教本渡すからあっちの方でちょっと見学とか……しといてくれるかな？」

微妙な笑顔の先輩部員の顔は、扱いかねると雄弁に物語っていた。

こうして体験入部初日にして、黒乃《くろの》は見事に道場の隅っこに隔離された。

渋々と言われた通り見学に徹する彼女の耳に、こんな遠巻きの会話が聞こえてきた。

「きれいな顔して、どんな筋肉だよあの子……」

「もはやゴリラじゃん、でもすげえ美少女だ……」

「世界一美しいゴリラだ」

顔は全員覚えた。明日までに不幸が襲いますから覚悟しなさいと、内心で吐き捨てたその時だった。

「あの、黒乃詩亜《しあ》さん。ちょっといいかな」

「……誰ですか、あなた」

声をかけてきたのは同じく体験入部らしい、ジャージ姿の男子生徒だった。

弓を持った短髪の中肉中背。全体的にぱっとしない外見の中で、ややくすんだ白髪だけが奇妙に目立っている。

「急に声かけてごめん。ええと、俺は同じクラスの――」

「……ゾウリムシ」

「いやなんでだよ」

「すみません。クラスメイトの名前、憶《おぼ》えていないので」

どうでもいい、今忙しいからさっさと消えてくれないかと黒乃は思ったが。

「はい」

彼は黒乃に、持っていた弓を差し出した。

「……貸して、くれるのですか」

「うん。今、先輩たち見てないし、さっきのアレ見てたけど、黒乃さん、すごい悔しそうだったからさ。良かったら貸すよ。やっぱ実際引いてみないと、感覚掴《つか》めないと思うから」

黒乃は短く礼を言って、弓を受け取ろうと手を伸ばす。すると、男子が言った。

「次はさ、腕に力を入れないで引いてみて」

「は？」

黒乃は思わず、強い疑いの視線で男子を見返した。

「あなた、何を言っているのですか。力を入れなければそもそも引けないでしょう」

「ああ、いや、そうなんだけど、そういうことじゃないんだよ。弓を引く姿勢ってさ、腕に力を入れるとどうしても引きすぎちゃうんだ。それで、黒乃《くろの》さんはちょっとゴリ……人間離れしてるみたいだから、腕力に任せると、さっきみたいに弓が耐えきれなかったんだよ」

「だとしても、物理的に力を加えなければ引けないでしょう」

「うん。だから、引きすぎないように背中を使うんだよ」

解説する少年の声は、徐々にすらすらとしたものになっていた。

「背中の肩甲骨を動かして、開いていく弓の中に体を入れていくイメージ。腕はあくまでも補助として、持って行かれないように肘を意識するだけでいいから」

そう言うと、男子は一度黒乃の手から弓を戻し、目の前で手本を見せた。

黒乃は思った。上手《うま》い。というか動作が一々、様になっている。

「あなた、本当に私と同じ新入生ですか」

「うん。でも経験者なんだ。小学生の頃から、近所に道場があったから」

男子生徒は弓を引き終えて、もう一度黒乃に貸し渡す。

それを受け取った際、少年の手のひらに指先が触れた。

少年の手は硬く、分厚い皮でざらついていた。きっと何度も弓を引くうちにこうなるのだろう。恐らく純粋な親切心で声をかけてくれた彼は、微笑《ほほえ》んでいた。

だが——黒乃の心を支配したのは、怒りにも似た闘志だった。

経験者、そんなことは関係ない。所詮はただの一般人だ。

最強無敵の人間兵器たる自分が、負けていいはずなどない。

（——決めました）

「あの、ミジンコ……じゃなくて、あなたは」

「ええと、甲斐郎《かいろう》です。一応クラスで自己紹介したんだけど……」

「そうですか。いま覚えました。ともかく、この部活に入るのですか」

「まだ分からないけど、今のところ、そのつもりかな」

「なら私も入ります。そして——」

自分よりやや背の高い男子を、凍えた視線で睨《にら》みつけ、言い放つ。

「絶対に、あなたには負けませんから」

4　—side 黒乃詩亜《しあ》—

それから、黒乃は甲斐よりも、誰よりも上手くなることを目標に設定した。

「所詮は凡人どものスポーツです。……この前は、ちょっと力加減を誤っただけですから」

そして、そのための時間停止能力だ。

一回の停止限界は一時間だが、連続発動すれば二時間でも三時間でも止められる。多少の不器用さなど、一日二十四時間を遥《はる》かに突破した限界知らずの練習量をもってすれば容易に巻き返せる、そのはずだった。だが、しかし。


「……？　おかしいです」

黒乃《くろの》は首を傾《かし》げた。まったく上達しないどころかむしろ、悪化していく。

理由は単純だ。弓道において単純な反復練習は確かに有効だが、それは弓を引く際の基本姿勢、射形ができている場合に限られる。

そうでない初心者が闇雲に反復練習を重ねても上達は見込めず、どころか、大抵の場合、我流のクセをいたずらに強めて悪化してしまうのだ。

本来はそうならないように。まずは基本の姿勢を適切な指導者に教わるべきなのだが、黒乃の場合は言わずもがな。

結果、自主練の効果はすぐに現れた。勿論《もちろん》悪い方向に。

「……なぜです」

みるみるうちに、黒乃は下手くそから下下手くそに転落した。

見かねた先輩部員や顧問も指導に入ったが、愛想の欠片《かけら》もない無表情と、なぜか教えれば教える程悪化していく状況に匙《さじ》を投げ、一週間もすれば熱心に指導しようとする者はいなくなり、二週間ほどで黒乃は部内で孤立した。

それでも、彼女は諦めなかった。

弓道場の片隅で一人練習する、彼女を支えているのはもう意地だけだった。

「……っ」

砕け散ったプライドの欠片が、胸に刺さってズキズキと痛む。

些細《ささい》な挫折だ。普通の高校生ならば、誰もが以前の義務教育の中で経験しているはずの。

しかし黒乃詩亜《しあ》にとっては、己の無力を心から感じるのは、これが人生で初めてだった。

「こんな、はずじゃ……」

知らなかった。できないということが、こんなにも苦しいのだと。

無能、無価値。自分自身にはりつけたレッテルを剥《は》がそうとすればするほどに、そんな己の無様さが嫌になる。

しかし、黒乃は投げ出すことだけはできなかった。

頭の中で、刻み込まれた言葉が鐘を鳴らす。

『弱音を吐くな』

誰かに助けを求めることもできなかった。

『泣くな』

涙を流すこともできなかった。なぜならば、

『詩亜。お前は――最強無敵の兵器でなければいけないのだから』

それらは、兵器《じぶん》に許される選択肢ではないのだから。

しかし、その時だった。

「あの、黒乃さん」

はっとして振り返ると、そこにいたのはあの男子生徒。

同じクラスの、確か……甲斐郎《かいろう》とかいう少年だった。

「なんですか」

「よければ、一緒に練習して、お互いにアドバイスしたりしない？」

「結構です」

当然断った。しかし、甲斐は「そっか」と頷《うなず》くや否や、そのまま黒乃《くろの》のすぐ横に陣取り、弓を引き始めたのだった。

黒乃は思わず練習の手を止めて、反発するように声を発していた。

「な、何をしているんですか、あなた」

「何って、ええと、練習を」

「わざわざ私の近くで行う必要性はありませんよね」

「いや、その、一人で練習してても上手《うま》くならないから」

「私はそうは思いません。それにあなたにしても、他に練習相手がいるでしょう。どうして私なんかの隣に来る必要があるのですか」

「それは……その」

甲斐は困ったように頭をかいて、言った。

「あのさ。黒乃さん、今、楽しい？」

「いいえ」

黒乃は即答した。

「楽しさなど不要です。私はただ、上達すると決めた。ならば目標達成まで繰り返すだけです。そこに、私の感情など何の関係ありません」

しかし、そんな黒乃に、甲斐はこう言った。

「そっか……でもさ、どうせなら気持ちよく練習した方が良いって、俺は思うな。何事も楽しんだ者が勝ちって、よく言うじゃん」

「────は」

告げられた、あまりにも相反する価値観に、黒乃の思考はフリーズした。

甲斐は続けた。

「俺もさ、始めたての頃は全然楽しくなかったよ。……でもさ、周りからアドバイス貰《もら》って、褒められたりしてるうちに徐々にできるようになって、楽しくなったんだ。弓道ってさ、結構面白いんだよ。だからそんな機械的にやるのは、勿体《もったい》ないっていうか。お節介だけど、俺も結構長いことやってて弓に愛着あるから、黒乃さんにも、折角《せっかく》なら楽しさを知ってほしいんだ」

だから、と言って、甲斐は深々と頭を下げた。

「どうか一緒に練習させてください。お願いします」

黒乃は、まったく理解できなかった。

楽しさなんて、知らない。そんなもの、分からない。

だって自分の人生には、楽しさも幸せも、要らないって言われたから……。

なのにどうして、こいつは今更、私の前にそんなものを持ち出してくるの。

拒絶するのは簡単だった。しかし一秒二秒……。

白髪の少年の後頭部を見つめて、黒乃《くろの》はぽつりと言った。

「そこまで言うなら……好きにして下さい」

それから黒乃は、甲斐《かい》と一緒に練習するようになった。

「引き分けの時はさ、腕じゃなくて肩甲骨と胸筋を意識して、ゆっくり……」

「こう、ですか」

「そうそう。いい感じ」

そして、一週間と少し後。放課後の弓道場に高らかに、太鼓のような的中の音が響いた。

黒乃はこの日、本番形式の練習で手持ちの四ツ矢をすべて命中、すなわち皆中させた。

甲斐の指導の結果、黒乃は一週間ほどでコツを掴《つか》み、そこから先はトントン拍子だった。

それにつれて、腫物扱いしていた周囲の部員たちの見る目も様変わりした。

「なんかあの子、普通にすげえ上手《うま》くなったな……」

「もうゴリラっていうか普通に女神寄りだな」

「アルテミスゴリラの誕生だな」

遠巻きの小声はやはり本人に聞こえていた。二十四時間以内に遺書をしたためておけと
内心で最後通告を済ませると、黒乃は的前から立ち去った。

さておき気分は悪くなかった。甲斐の言う通りに正しく弓を引き、放った矢が導かれるように的を射るようになると、達成感が胸を満たす。楽しい、とまで言えるかはよく分からないが、とにかく気分はいい。

だから常識として、彼にお礼を述べるべきだと思う。

黒乃は、ちょうど壁際で弓を片付けていた甲斐の背中に声をかけようとした。

「あの……」

しかし、なぜか、たったそれだけの用件が、喉から出てきてくれなかった。

不思議なことに、走ったわけでもないのに、心臓の鼓動が速くなっている。

(というかそもそも、何て呼びかければいいのでしょう？　そういえば私、まだ一回もこの人の名前を呼んだことないですよね。……ええと、と、とにかく、何か言わなきゃ)

数秒、黒乃が目まぐるしく逡巡《しゅんじゅん》していると、気配を感じたのか、甲斐の方が振り返った。

何？　と見つめ返す顔を前に、黒乃はしどろもどろになった。

「あ、あの、その、ええと」

正体の分からない何かが胸につかえて、言葉が取り出しにくい。こんなのは初めてだった。

しばしの沈黙を経て、黒乃はどうにか、やっとの思いでお礼を述べた。

「……あなたの、おかげです。ありがとうございました」

するとの胸のつかえは、顔の熱さに変わっていた。

そして、それ以来。

「あの、甲斐《かい》、くん。少し射形を、見てくれませんか」

「ああ、いいよ」

入部から二カ月ほど経《た》った頃、黒乃《くろの》はもう、技術的には甲斐を上回っていた。

だから、合理的に考えれば彼のアドバイスは必要ない。

話しかける必要はない。そのはずなのに。

「どうですか？　自分では見えにくいので」

「ええと、充分きれいだと思うけど、強いて言えば少し馬手《めて》の肘が——」

けれど、理由を作って、必要を言い訳して。

黒乃は甲斐に話しかけてしまう自分を発見した。

その度に、なぜか頬《ほお》が熱くなり、胸に息苦しさを覚える。

だがそれが不快かと言われれば、明確に違う。

その理由が、黒乃にはどうしても分からなかった。

その時は、まだ。

5　——side 黒乃詩亜《しあ》——

高校一年生、八月のある日。黒乃は、放課後の弓道場でその噂話《うわさばなし》を聞いた。

「なあ、一年の甲斐だけどさ、お前ら聞いた？」

「ああ、引っ越すんだっけ。実家の事情かなんかで」

「転校しちまうのか？」

（────え）

鼓膜を伝った言葉の意味を理解した瞬間、黒乃は思わず時を止めていた。

それは防衛反応であり、重大なダメージを受けたと認識した無意識の反応だった。

当然ながら、黒乃は傷など負っていない。

しかし胸に走った衝撃は、こみ上げてくる切ない苦しみは、これが銃で撃たれたのでなければ何なのだという程、痛切に少女を打ちのめした。

止まった時の中で、黒乃はかくりと膝を折った。

静止した世界の無音が、俯《うつむ》いた耳に、やけに大きく響いて痛い。

「甲斐、くん……」

その名前を呟《つぶや》くのはなぜなのか。

どうしようもなく痛む胸の裡《うち》を、どうしていいのかも、分からないままに。

「あの……少し、いいですか」

その日の練習が終わった後、黒乃は甲斐を呼び止めた。

「うん。どうかした？　黒乃さん」

「いえ、別に大したことではないのですが。その、引っ越すと聞いたので」

甲斐《かい》は、またその話かという顔をした。

まるで何でもないという風な、あっさりとした顔だった。

「ああ、うん。ちょっと親の都合でさ、実家から出ることになったんだ」

「そう、ですか」

黒乃《くろの》は、もうそれ以上言及できなかった。

なぜなら、甲斐があまりにも平然としていたから。

自分とは、違って。

「さよなら、黒乃さん」

「はい……さようなら」

そのまま帰宅した黒乃は、鞄《かばん》を持ったまま閉じたドアにもたれかかった。

ぼんやりと天井を見上げる無表情はいつも通り。

ただ、その頬《ほお》を一筋の涙が伝った。

そして大粒の雫《しずく》が、履いたままの靴先に落ちた。

分からない。どうして自分が泣いているのか。黒乃はどうしても分からない。

でもこの感情は、この気持ちは、エージェントとして不適切なものだと直感する。

だから今すぐ、捨てなければならないのに。

どうしても、涙が止まらなかった。

胸が、苦しかった。

——だから、少女は考えるのをやめて、そのままマットレスに倒れ込んだ。

その翌日は、休日だった。

「……うるさい」

隣から響くどたどたとした物音で、黒乃はもそりと目を覚ました。

言わずもがな、気分は過去最低で、機嫌は史上最悪だった。

がばりと起き上がった衝動のまま玄関を開け放ち、隣を振り向く。

人の気持ちも考えない騒音発生源に、文句の一つぐらいはトラウマとともに刻み込んでやろうと、極寒の目つきで睨《にら》みつけたその先に。

「黒乃さん？」

「…………え？」

立っていたのは、昨日、あっさりと別れを交わした男子。

甲斐郎《ろう》だった。

「ごめん。冷蔵庫が玄関でつっかえてさ、うるさかった？」

甲斐はきまりが悪そうに白い頭をかいた。そこで、どうやら黒乃が事情を飲み込めていないのを察したように補足を始めた。

「俺、今日からこの部屋に越してきたんだけど……」

「……はい」

「部屋、隣だったんだ」

「そう、みたいですね」

「ええと、なんというか、すごい偶然だね」

黒乃《くろの》は訊《たず》ねた。

「転校」

「え？」

「……転校、するんじゃなかったんですか」

「いや、しないけど」

誰か言ってたの？　と訊ね返す甲斐《かい》の声はもう、黒乃の耳に入っても、意識には上って来なかった。

「黒乃さん。もしかして怒って、ますよね……？」

少女の胸の裡《うち》に巣くっていた、どす黒い感情は残らず吹き飛んでいた。

入れ替わりに、どうしようもないほど熱いものが、胸の奥からせり上がって。

それが嬉《うれ》しいという気持ちだと自覚して。

「ごめん。大きな音立てちゃったのは、本当に俺が悪かったから――」

少女は時間を止めていた。

そして気付けば、動きを止めた甲斐に縋《すが》りつくように抱き着いていた。

「そうです。あなたが……甲斐くんが、悪いんです」

あなたのせいで。

「こんな気持ちに……なったんですから」

こんなことは、いけないのに。ダメなのに。

自分には、きっと許されていない感情なのに。

でも、それでも。

「お別れじゃなくて……良かった」

そう、心底から思ってしまって止められない。

そんな風に少年の胸で泣きじゃくる、熱い涙は少女の頬《ほお》だけを伝って濡《ぬ》らした。

「――好きです。甲斐くん」

第二章　その女、かわいすぎにつき

1　——side 黒乃詩亜《くろのしあ》——

その夜、南米ブラジル最大の麻薬カルテルの本拠地は壊滅した。

ジャングルの奥地の麻薬工場。銃で武装した作業員たちがあちこちに倒れている。

例外なく、音もない一瞬の一撃にて、全員が壁か地面にめり込んでいた。

何が起きたのか、答えは無論一人しかいない。

「質問に答えなさい」

黒乃詩亜、彼女のせいである。

少女はカルテルのボスらしき太った色黒の男を壁際に追い詰め、英語で訊《たず》ねた。

「く、くそ、よくも俺の組織を——」

ボスが拳銃を取り出した。45口径がためらいなく発砲される。

同時、**時間が停止する。**

黒乃は空中で静止した弾丸を、まるでハエのようにはたき落とし、ボスの手から奪った拳銃をその口に差し込んでから、時間停止を解除した。

「!?　もごっ、もごごおおおっ!?」

「誰が無駄な抵抗を命じましたか。いいから質問に答えなさい。私、急いでいるので」

突然、口の中に瞬間移動した銃口にボスは慌てふためき、涙目でコクコクと頷《うなず》いた。

黒乃は少しだけ銃口を引いた。

「能力者だな。お前。……な、何が目的だ、金か、薬か、それとも俺の命か……？」

震え上がるボスに、黒乃は至極真面目な調子で言った。

「今日の獅子座《ししざ》のラッキーアイテムです」

「は？」

2　―side 黒乃詩亜―

時間は、日本標準時で一日前までさかのぼる。

放課後の弓道場に、部活終わりの礼記射義・射法訓の唱和が響く。

「――書に曰《いわ》く、鉄石相克して、火の出づる事急なり。即《すなわ》ち、金体白色、西半月の位なり。今日の練習を終わります。ありがとうございました！」

終わったー、疲れたーと口にしながら、正座を崩した部員たちが道場の床から立ち上がる。

そんな中、黒乃詩亜は、壁際で弓具を片付ける甲斐《かい》の背に声をかけた。

「甲斐くん」

一緒に帰りませんかと、振り向いた彼に続けようとした、その時だった。

道着姿の一人の女子生徒が、黒乃《くろの》の横をすり抜けた。

「甲斐《かい》君〰〰〰！　待って待ってまだ帰らないで、お願いします！」

「うおっ⁉　……って、甘風炉《あまふろ》？」

派手なヴィヴィッドピンク色のツインテール（練習中はおさげだが）の少女が、子どもっぽく甲高い声音で甲斐にとりつき、すがるように懇願した。

彼女の名前は甘風炉手々《てて》。弓道部二年生の女子部員。

「甲斐君！　お願いです！　今日、わたしと居残り練習してくださいっ！」

小柄で大きい胸、そして常に絶やさぬ笑顔で愛嬌《あいきょう》を振りまく男子人気の高い女子生徒だ。

弓の腕は下手くそ、というより、黒乃は彼女が的に当てたのを見たことがない。

黒乃は殺意を抑えながら、気付けば口を挟んでいた。

「待って下さい」

「……あ、黒乃さんも残ってたんだね。何かな？」

「なぜ、甲斐くんに頼むのです。居残り指導なら、顧問の来ヶ谷《くるがや》先生に頼むのが筋でしょう」

「え、えと、それはね。わたし、ちょっと……控えめに言って余りにもかわいすぎるから。男の先生と二人だと勘違いさせちゃうかもって思って」

「……は？」

黒乃は耳を疑った。なに言ってんだこいつ。

ともかく、若い男性教師と二人は不安だという主張は百歩譲って理解できなくもない。

しかしどうして、甲斐ならばいいと思ったのか。

（事と次第によっては、それをあなたの遺言にしますよ）

「え、ええと甲斐君はその、大人しそうだし、あんまり男の子っぽくなくて安心というか、それに……甲斐君、彼女いるでしょ？　好きな人を裏切りそうな感じには見えないから」

一瞬、黒乃の脳裏に走る稲妻。

「は……彼、女？　だ、誰がですか？」

すると、甘風炉は何言ってんだこいつ、とでも言いたげに小首を傾《かし》げ、黒乃を指した。

「え？　だって二人って、付き合ってる……よね？」

黒乃の隣で、甲斐が苦笑した。

「いや、違うけど」

「そ、そうなの⁉　な、何回か二人で帰ってるの見たけど」

「たまたま家が近いだけだよ」

「そ、それに黒乃さんとまともにコミュニケーションとれる人って、わたし、甲斐君ぐらいしか知らないんだけど⁉」

（ん？　いま、さりげなく馬鹿にされませんでしたか私？）

ともかく、付き合っていないことを甲斐の口が説明し、黒乃が同意する。

「な、なんだあ……そうだったんだね。わたし、早とちりしてごめんなさい」

「ですが、仮にです。私と甲斐《かい》くんがあなたの言うように交際関係にあったとして、あなたと二人きりで居残ることに関して、私が不愉快になるとは考えなかったのですか」

するると、甘風炉《あまふろ》はハッとしたように目を開いた。

「そ、そうだね……よく考えてみれば、彼氏がわたしみたいな激かわ美少女と一緒なんて不安になるし嫌だよね、ご、ごめんなさい」

「……まあ、許します」

「いや、だから、俺たち付き合ってないから」

黒乃《くろの》は、誰にも聞こえないぐらいの小声で呟《つぶや》いた。

「……けち、です」

少しぐらい、浸らせてくれてもいいじゃないですか。

ともかく数分後、弓道部顧問の来ケ谷《くるがや》から、居残り許可はあっさりと下りた。

本来なら指導者不在は厳禁だが、曰《いわ》く、お前らなら大丈夫だろの一言だった。

ずいぶん適当な、と思いつつ、黒乃も居残ることにした。

無論、この二人を、二人きりにはしたくなかったからだ。

——そうして三十分ほどが過ぎた。

甘風炉は弓を構えて、射る。その度に甲斐のアドバイスを受けてを繰り返していた。

「うう～何回やっても、矢が地面にズっちゃう……どうしたらいいですかぁ、甲斐君先生」

「はいはい。ええと、弓手《ゆんで》の押しが弱すぎるんだよ。だからまず、大三つくった時から押し負けないように意識して――」

黒乃もまたそんな二人を視界に入れないように、自分の弓を構えて練習に没頭する。こういう時に弓道はピッタリだった。決められた動作を繰り返せば自然と心は平常心に――。

「きゃっ、あ、ごめんね甲斐君。また胸当てズレちゃった……直してくれる？」

「え!?　あ、その……手が塞がってるなら俺が弓持つから、甘風炉、自分で直してくれ」

（どうしましょう、控えめに言って――あの女ぶち殺したいんですが）

ずがん、と怨念のこもった黒乃の一矢が的をぶち抜いた。

とりあえず今すぐ時間を止めて、あの女を富士の樹海にでも投げ込みたくて仕方がない。

そんなどす黒い気持ちを残身から放出する黒乃に、ふと呟《つぶや》くような声が投げかけられた。

「……黒乃さん、きれい」

黒乃がゆっくりと振り返ると、いつの間にか、背後に甘風炉がちょこんと座っていた。

「練習は、終わったのですか」

「いや、まだまだだよ。でも、ちょっと腕が疲れちゃって、今は休憩中なの！

黒乃さんやっぱすごい上手《うま》いね！　ねね、もう一回見せて！」

黒乃はもう一度弓を構え、打ち起こし、大三、引き分け、会、そして矢を放った。

甲高い的中音。「よし！」という掛け声とともに甘風炉が拍手する。

「すごいすごい！　……な、なんか手っ取り早いコツとかあったり？」

「ありません。決められた動作を決められたとおりにやるだけです」

「そっかあ……ね、もう一回見せて」

甘風炉《あまふろ》はきらきらとした目で黒乃《くろの》を見つめている。

黒乃はしばし迷い、重い扉を押すように口を開いた。

「……………弓を引くのは、腕力ではありません」

きょとんとする甘風炉に、黒乃は淡々と言葉の続きを与えた。

「あなたは腕から動かしすぎなんです。背中の肩甲骨から動かすのを意識しなさい」

「あ、ありがとう、黒乃さん！　やってみるね！」

甘風炉が早く上達すれば、それだけ彼女が甲斐《かい》と練習する時間も減る。

そのために、教えてやっただけだ。

しかし、どうしてか、感謝されると不思議と気分は悪くなかった。

それに、練習には真剣に取り組んでいるようだし。

(……樹海送りは、許してあげてもいいかもしれません)

そしてさらに三十分ほど経過し、高らかな的中音が日が暮れた道場に響いた。

甘風炉の矢が、ついに的に命中した音だった。

「やったぁ！　はじめて当たったよ！　見てた見てた？」

「よし！　おめでとう、甘風炉」

(やっと終わりましたか……)

途中から弓を片付けて、見物に徹していた黒乃がやれやれと目を伏せた、瞬間。

「ありがとう!!　ロウ君！」

（————は？　コイツ今、甲斐くんを、下の名前で？？？？）

やっぱり殺す。樹海、いやそれでは生温《なまぬる》い、富士の火口に直接叩《たた》き込んで殺す。

「あ、ごめんなさい、甲斐君。きゅ、急に名前で呼んだりして……わたし、こ、心の中ではみんなのこと下の名前で呼んでるから、ついそれが出ちゃって」

「いや、別に。好きに呼んでくれればいいけど。まあ、とにかくおめでとう」

（よくないです。何もよくないです。か、甲斐くん、ど、どうしてそんな女に……っっ!?）

直立不動の無表情のまま嫉妬に燃える、そんな黒乃に向かって。

「それと、黒乃さんも、本当にありがとう」

とたとたと走り寄った甘風炉は、ぺこりと頭を下げた。

「アドバイスしてくれて、助かりました。あと、黒乃さんの姿勢も参考になったから……えーと、その、とにかく、すっごくありがとう!!」

正面から不意打ちされた感謝の言葉に、黒乃は面食らった。

「……いえ、私は別に」

だから、それだけを答えるのがやっとだった。

笑顔とともに押し付けられた感謝を、戸惑いながら胸にしまい込む。

どうしてか、それがちっとも不愉快ではないのが、納得いかなかった。

釈然としない黒乃。そして、てきぱきと撤収の準備をする甲斐に、甘風炉は言った。

「二人とも本当にありがとう！　こんな遅くまで……」

「いや別に。ところで甘風炉《あまふろ》、結構遅いけど門限とかは」

「大丈夫だよ。家には事前に連絡してあるから――」

そこで、くう、と甘風炉のお腹《なか》が鳴る。彼女は恥ずかしそうに笑って、言った。

「えへへ……あの、二人とも良かったらさ、一緒に晩ご飯食べて帰らない？

今日のお礼に、わたし奢《おご》るからさ！」

2　―side 黒乃詩亜《くろのしあ》―

そういうわけで、黒乃は二人とともに、学校最寄りのファミレスへと足を運んでいた。

客入りもまばらな夜九時の店内に、陽気なポップスと配膳ロボの稼働音が響いている。

「二人とも遠慮せず好きなの頼んでねー、パパからもらったお小遣い、まだ結構残ってるから。……あ、一応だけど、血のつながったパパだよ？」

メニューをテーブルに広げて、甘風炉が言った。

「先に二人で見てていいよ。俺は後からすぐ決めるから」

配膳ロボの腹からお冷とおしぼりを受け取った甲斐《かい》が、それぞれに配った。

『ごゆっくりしていってねニャン。注文決まったらまた呼んでねニャン』

猫なで声の機械音声を残して去っていく配膳ロボの後ろ姿に、甘風炉が声を上げた。

「きゃーっ！　今の見た見た？　ここの配膳にゃんこ、超絶かわいいよね～。わたしもかわいいけどそれはさておき、命を持たぬと知りつつも、ついつい撫《な》でたくなっちゃうあのフォルム！　……真剣に一匹テイクアウトしたいんだけど。黒乃さんも思うよね？　ね！」

「……ええと、まあ、はい？」

黒乃は生返事で頷《うなず》いた。ファミレスどころか外食さえもこれが初体験だった。

（正直食事もロボも興味ありませんが、甲斐くんと一緒なら何でもいいですね）

その点だけは、甘風炉に感謝してもいいかもしれないと、黒乃は思った。

席は二人掛けのソファが対面で並んだ四人掛けボックス席。甘風炉と甲斐が先に対面で座ったので、黒乃は少々迷ったが、結局、甲斐の隣に座った。

隣である。当然、黒乃の頭の中は沸騰した。

（わ～～っ！　ち、近いです。お、同じソファだから教室よりもずっと距離感が、その、あのええと、ひ、肘とか当たりそう……っ！　と、というか私汗臭くないでしょうかっ）

無表情の裏でお祭り状態の黒乃を他所《よそ》に、呼び出しボタンに指をかけた甘風炉が言った。

「わたしは決めた！　黒乃さんはそろそろ決まった？」

「……ええと、すみません、まだ」

そう言って、黒乃は改めてメニューに視線を落とした。

何でもいいから適当に決めようと思っても、意外と数が多かった。

「うんうん分かるよー黒乃さん。迷うよね。だって乙女だしカロリー気にしちゃうもん。

でもいっぱい運動したんだし、今日ぐらいは私たち、何食べても許されるよ！」

「いえ、摂取カロリーはどうせすぐ消費されるのでどうでもいいのですが」

「は？　いやいや、待って待って黒乃《くろの》さん。すぐ消費ってどういうこと？　じゃ、じゃあつまり、そのスタイルのくせに普段からカロリー管理とか一切してないってこと？」

「はい。特に気にしたことがありません」

時間停止能力の行使だけで、そこそこのエネルギーを持っていかれるのだ。それは基礎代謝として考えれば相当な量で、わざわざ食事量を絞る理由などない。

しかし、黒乃はその時なぜか、甘風炉《あまふろ》のニコニコとした笑顔から、本質的な何かだけがすっと抜け落ちたように感じた。

「もしかして、そのすべすべなお肌も？　特別何もしてなかったり？」

「化粧水はつけています」

「つまり特に何もしてないんだね。分かったー。なら、その限りなく薄く見えるお化粧も？」

「ファンデとリップだけですが」

「な、天然由来の美容怪物《ナチユラルボーンビユーテイモンスター》……っ!!」

甘風炉は勝手に断末魔の声を上げて、天を仰ぐようにソファにもたれて討伐された。

「私、もしかして何かマズいことを言いましたか？」

「あー、うん。気にしなくていいんじゃないかな、それが黒乃さんの自然体なんだし」

ともかく、黒乃は適当に決めた。次いで、甲斐《かい》も頷《うなず》く。

「俺も決めたよ」

「おっけー、じゃあ頼むね！」

そして注文から、十分少々。配膳ロボが料理を運んできた。

『お待たせニャン。熱いニャン。気を付けるニャン』

黒乃は夏野菜ドリア、甲斐はハンバーグセット、そして甘風炉はミックスグリルステーキにいちごパフェだった。

「いただきまーす」

指先だけでかわいらしく手を合わせた甘風炉に倣うように、甲斐と黒乃も手を合わせる。

甘風炉は、小口に切り分けたステーキと、同時に提供されたパフェを交互に口に運んだ。

「ふっふっふ。かわいいわたしは考えました。ライスを控えて糖質制限すれば、パフェを頼んでも問題ないのだと」

「甘風炉、それって結局プラマイゼロじゃないか？」

「そんな邪悪な正論はきーこーえまーせーん」

甲斐は、ハンバーグにライス、そしてサラダにスープにと順に口をつけていく。

その横で無表情の黒乃は、焼き立てのドリアを冷ましもせず、まるでヨーグルトのようにパクパクと片付けていく。

「黒乃さん、熱くないの？」

「はい。どんな食事でも問題なく食べられるように、訓れ……教育を受けていますので」

「……特殊な方向に厳しい親御さんだね」

黒乃《くろの》がドリアを半分ほど口に運んだ時、甘風炉《あまふろ》が言った。

「ところで私だけかな、ロウ君」

「何が」

「他人が食べてるものほど、美味《おい》しそうに見えるの」

「まあ、分からんでもないけど」

「じゃあさ、一口交換しない？」

「いいけど」

甘風炉は切り分けたチキンステーキを一切れ、甲斐《かい》の皿に載せた。

甲斐もまたハンバーグを一切れ、甘風炉の皿に載せようとした、が。

「うーん。なんか風情がないなぁ……そうだロウ君。折角《せっかく》だから、あーんしてよ！」

「え？　……ああ、いや、いいけど」

「ありがとー♡」

（は？）

衝撃が黒乃を麻痺《まひ》させている間に、甲斐はハンバーグを刺したフォークの先端を、雛鳥《ひなどり》のように口を開けた甘風炉へ差し出した。

「うーん。やっぱ美味しい〰〰！　人に食べさせてもらうと格別だよ〜」

（よかったですね。ところでそれが最後の晩餐《ばんさん》でいいですか）

めきりと、人知れず黒乃の手元でスプーンがへし折れた。

「そうだ、ロウ君。黒乃さんにもやってあげたら？」

「「え」」

驚きは二人同時。黒乃は思わず、甲斐と顔を見合わせた。

甲斐は困ったような表情で、訊《き》いてきた。

「甘風炉はそう言ってるけど、黒乃さん、流石《さすが》に嫌だよね」

「…………いえ」

黒乃は、甘風炉への対抗心を原料に、絞り出した勇気を声にした。

「その、私は、構いません。……ハンバーグ食べたいので、お願いします」

「そ、そう。じゃあ」

甲斐は新品のフォークに一口分のハンバーグを刺して、黒乃の前に差し出した。

少女はリスのように小さく口を開けて、ついばむようにそれを食《は》んだ。

（お、思ったよりずっと……はるかに壮絶に恥ずかしいです、けど）

熱を感じない舌を通して、それよりも温かいなにかが伝わって心を震わせる。

この時間がずっと続けばいいのにと、黒乃は思った。

だから止めた。

店内の音が、対面の甘風炉が静止する。

そして、黒乃《くろの》は一人きりの時間の中で、動かない甲斐《かい》と見つめ合った。

「あ……甲斐くん、口元が汚れていますよ。ふふっ、仕方ないですね」

ナプキンで甲斐の口元を拭く。指先が、微《かす》かに彼の唇の端に触れた。

それだけで、全身が燃え上がるような気恥ずかしさに包まれながら、黒乃はふと気づいた。

「……」

甲斐の手からそっとフォークを取り除き、もう一つの——さっきまで甲斐自身が使用していた一本をその手に握らせる。

しっかりと新品に取り換えてくれたあたり、彼は紳士的だ。けれど、

「わ、私は大丈夫ですから。ええ、その、の、のの、望むところです」

そのまま、意識のない甲斐の腕を動かし、もう一口、後で違和感を持たれないぐらい小さなハンバーグの欠片《かけら》をその先端に刺して、黒乃はもう一度自らに差し出させた。

いわゆる間接キスである。

黒乃は先ほどの比ではない羞恥と嬉《うれ》しさに、一人身もだえした。

「もぐもぐ……きゃぁぁあああっ！　い、いけませんよ甲斐くん、わ、私たちまだ未婚なのに、こんなの破廉恥ですっ！　でもでも、あ〰〰最高っ！」

黒乃はそのまま三回ほど同様の行為を繰り返し、時の止まった世界で狂喜乱舞する。

その後、お冷を一気に飲み干して、彼女はどうにか落ち着きを取り戻した。

そして、時間停止を解除した。

動き出した甘風炉《あまふろ》が、黒乃《くろの》と甲斐《かい》を交互に見比べて言った。

「ねー、二人とも。あのー……ホントに付き合ってないの？」

「……はい」

黒乃はどことなく悄然《しょうぜん》とした声で答えた。まさか停止時間を見られたわけではあり得ないが、痛い所を突かれた気分だった。

すると、甲斐が何気なく答えた。

「確かに、まあ俺は比較的黒乃さんと仲がいい方だけどさ、それはないよ」

「どうして？」

「どう考えても釣り合ってないだろ、俺と黒乃さんじゃ」

「えー？　そうかなあ？　わたしはそんなことないと思うけど」

無造作にテーブルの上を渡った言葉に、黒乃は不意に冷たい水をかけられた気がした。

それはむしろ、私の方こそなのに。

無表情で、会話も下手で、普通というのがいまだによく分からなくて。

告白する勇気もないから時間を止めて、恥ずかしいことばかりしている。

こんな人間こそ、あなたには相応《ふさわ》しくないのに。

気が沈んだ。落ち込んだ視線が、皿の上の食べかけのドリアと目が合った。

「じーっ……」

空になった皿にスプーンを置いた黒乃は、また甘風炉から視線を感じた。

「なんですか」

「ご、ごめんね。えと、あの、ちょっと、言わなきゃいけない事があって」

どこか歯切れ悪く、甘風炉は切り出した。

「じ、実はね……今日の居残り練習にロウ君を誘ったのって、もう一つ、別の理由があるといいますか」

やはりか。黒乃の中で、静まりかけていた殺意が待っていましたと目を開ける。

しかし甘風炉が呟《つぶや》いたのは、まったく予想外の言葉だった。

「――く、黒乃さんと、仲良くなりたかったから」

「……はい？」

黒乃が問い返すと、甘風炉はしどろもどろになった。

「ええと、ええと……それはその〰〰う〰〰あ〰〰もう！」

とても言いづらいように唸《うな》ること数秒、小さく、消え入りそうな声がテーブルに置かれた。

「わ、わたし、友達いないの……」

「え？」「は？」

驚きは、二人同時だった。

「あ、あのね、わたしって、すごくかわいいでしょ。だから……」

甘風炉《あまふろ》曰《いわ》く、一年生の時、仲の良かった女友達の彼氏から、告白されてしまったのがきっかけだったらしい。以来カップルクラッシャーと呼ばれ、何となく周囲の女子と壁ができてしまった。弓道部でもそれは同じで、女子部員たちからもやや孤立気味。

「折角《せっかく》の高校生活だから、もっと友達とかといろいろお話したり、遊んだりしたかったのに……わたしがかわいすぎるばっかりに、こんなことになっちゃって、すごく辛《つら》くて。でも、黒乃《くろの》さんはそういう噂《うわさ》とか先入観とか関係なさそうで、クールで自立してる感じでカッコよくて、だ、だから、もしかしたら友達になれるかもって思って……でも、いきなり話しかけるのちょっと怖かったから、ロウ君から、どんな人かとかどういう趣味とかそういうこと聞こうと思ったの」

とっくに空になったお冷のグラスを握りながら、甘風炉は続けた。

「だから、二人が付き合ってたら悪いとは思ったんだよ。だってわたし、かわいいから、きっと……またあの時みたいに、二人をぎくしゃくさせちゃうだろうし。で、でも、二人がホントに付き合ってないなら、その、大丈夫だよね……？　お、お願いします……黒乃さん、あとついでにロウ君も、どうかわたしと友達になってください……」

（嫌です）

にべもなく、黒乃がそう言おうとした瞬間、先に甲斐《かい》が言った。

「わかったよ、甘風炉。ついでで悪いけど、これからよろしく」

「あ、ありがとう、ロウ君。――じゃ、じゃあインスタ交換しようよ！」

そして、微妙にうるんだ甘風炉の視線が黒乃を見る。

黒乃は、観念したように言った。

「……わかりました。よろしくお願いします。私はインスタやってないので、ラインで」

「やったあ!!　じゃ、じゃなくて、ありがとう！　くろ――詩亜《しあ》ちゃん！　じゃあ今晩から、早速連絡して良いかな？　というか電話していい？　徹夜でお話しよ！」

黒乃は呆然《ぼうぜん》と、他人に初めて呼ばれた、自分の下の名前を繰り返した。

「詩亜、ちゃん……？」

3　―side 黒乃詩亜―

家が近いという甘風炉とファミレスで別れ、黒乃は甲斐と二人、夜道を歩いていた。

時刻は夜十時も半ば。街灯は明るくこの辺りの治安も悪くないが、未成年二人が出歩くにしては不安を生ずる時間帯だ。

「不審者が出るかもしれません。甲斐くん、もしもの時は私の後ろへ隠れて下さい」

「それどっちかって言うと俺のセリ……いや、そういう時は安全優先で二人で逃げようか」

そうですね、と口を合わせるその裏で、ファミレスを出た時からずっと、黒乃の胸の裡《うち》には暗い影が落ちていた。

「……」

横を歩く甲斐《かい》を見ては、すぐに視線を戻す。

少女の胸の奥でヒリヒリと痛むのは、嫉妬のような寂しさのようなどっちつかずの感情だった。

（私、まだ、甲斐くんのライン知らないのに……どうして、さっき甘風炉《あまふろ》とはあっさりと）

先ほどの店内で、友達になりたいと言ってきた甘風炉に対して、甲斐はあっさりと連絡先を交換していた。

けれど、こうして一年と少しの間、同じクラス、同じ部活、同じマンションの自分はいまだ、彼の連絡先を持っていない。

そうした言外の扱いの差が、無関心を突きつけられているようで、辛《つら》い。

（……いや、待って下さい。私が持っていないのは、単に言葉にして伝えていないからでは）

ならこの場で、私とも交換して下さいと言えばどうだろう。

しかしそれはそれで、甘風炉に対抗しているみたいで、いやしているのだが、癪《しゃく》だ。

それに自分を意識してくれと言っているようで、いや言っているのだが、恥ずかしい。

でもこのまま、自分だけが甲斐とのつながりを手元に持てないのも、嫌だった。

いっそ時間を止めて勝手に交換してしまうか。思い付きを、黒乃《くろの》は即座に却下した。

それは違うのだ。自分は、彼の連絡先が欲しいのではない。

自分とつながりを持ちたいと言ってくれる、彼の心が欲しいのだから。

（でも……やっぱり、私なんかとは）

その時だった。

「黒乃さん。あの、良かったら俺たちもライン交換しない？」

「――――え」

不意に差し出された輝く液晶、スマホに浮かぶ二次元コードを前に、黒乃は固まった。

「そう言えば交換してなかったなって思い出して。あー、もちろん嫌だったら別に……」

「いえ、そんなことは。でも、どうして急に……」

甲斐は、やや口ごもりながら言った。

「いや、そのさ。今まで何度か、交換しようって言おうとはしてたんだけど……なんか、黒乃さんそういうの嫌いそうだし、それに俺もさ。なんというか、照れ臭くて」

そう言って、甲斐は恥ずかしそうに頬《ほお》をかいた。

黒乃は高鳴る動悸《どうき》を抑えながら、スマホを取り出した。

「隣の部屋同士だから、あんまり使うことないと思うけど」

「……病気や怪我《けが》の時に連絡してもらえば、すぐに駆け付けます」

それもそうだね、と甲斐は頷《うなず》いた。

「でも俺は妹がいるから、たぶん大丈夫だよ」

「妹さんが？」

甲斐に妹がいる。黒乃は初耳だった。

口にするつもりがなかったのか、取り消すように彼は言った。

「ああ。正直ヘンな奴《やつ》だから、あんまり言いたくなかったんだけど。まあ、普段は部屋にこもってるから黒乃《くろの》さんと会うこともないし……もし見かけたら無視していいから」

ともかく、こうして黒乃はようやく甲斐《かい》と連絡先を交換したのだった。


——帰宅した黒乃は制服を脱ぎ、シャワーを浴びていた。

閉じた瞼《まぶた》の上に、温かいお湯がぱたぱたと降り注ぐ。

(や、やりましたっ……！　ついに、ついに甲斐くんの連絡先をっ！)

表情には出ないが、確かにこみ上げる嬉《うれ》しさがその口元を震わせる。

自分と甲斐の関係は、前に進んでいる気がした。

(そういえば……妹さん。甲斐くんはああ言っていましたが、どんな方でしょうか)

当たり前だが彼には家族がいるのだ。普通ではない自分とは違って。でも。

もしも、自分がただの女子高生だったのなら。

もっと簡単に、仲良くなれたのだろうか。


——翌朝。黒乃詩亜《しあ》は指先に伝わる微《かす》かな振動で目が覚めた。

「うゆ……」

床に直置《じかお》きしたマットレスから身を起こす。掛けていたブランケットは半ば以上剥《は》げていたが、寝相がいい方ではないので気にはしない。

少女は寝間着代わりの下着姿のまま、カーテンを開けずに背伸びをする。そして一瞬で脳を覚醒させると、断続的に震え続けるスマホを手に取った。

画面には、昨夜からの同一人物によるメッセージが繰り返し表示されていた。

『お返事ほしいな☺』『寝ちゃった？😐』『わたし今起きたよ！😊』

甘風炉《あまふろ》である。

(友人は選べと言いますが、その通りですね……)

早くも昨日の選択を後悔しながら、黒乃はトーク画面を開いた。うるさい黙れ、と打とうとしたその時、新しいメッセージが出現する。

『今日のわたしの運勢！　詩亜ちゃんの結果も教えて！』

そのフキダシの下部には、星座占いサイトのＵＲＬが添付されていた。

「……はあ。どこまで下らないんですか、この女」

あの脳味噌《のうみそ》までピンク娘、こんな非科学的なものにこの私が夢中になると思ったのだろうか。世界最強のエージェント相手に大した侮辱である。

いっそ既読無視しようと思った瞬間、さらに追加のメッセージが表示された。

『あ、私の結果忘れてた汗。乙女座の恋愛運最高だったの～！♡😀♡☺』

乙女座の、から下三文字を捕捉した瞬間、黒乃の瞳孔がはっきりと開いた。

それから数秒、空中をさまよった指先が、添付されたＵＲＬをタップした。

（……いえ、これは。決して気になったわけでなく、操作を間違えただけです）

などと己に言い訳を与えつつ、黒乃《くろの》は表示されたページを確認した。

果たしてその結果は。黒乃詩亜《しあ》。16歳。獅子座《ししざ》のA型。

本日の恋愛運、最悪。

スウッ……と、黒乃の無表情が、さらに一段と冷たいものに変化した。

一瞬、比喩ではなくサイト運営会社の住所を更地に変えてやろうかと思ったが、よくよくスクロールして見るとラッキーアイテムの写真を撮って占いの結果と一緒にSNSで拡散すれば大宇宙的に運勢が反転して最高になると書いてあるのを発見する。

獅子座のラッキーアイテムにはこうあった。

白い粉、マンゴー。

どういった宇宙法則でその二つが選ばれたのかは全く不明だが、黒乃はその両方が揃《そろ》う場所に心当たりがあった。

即座に画面上で通話を立ち上げ、国際警察機構の担当オペレーターへ連絡する。

『おはようございます。エージェント、クロノシア。ええと、ご用件は――』

「南米の麻薬カルテルの拠点情報を、判明している限り」

『え、あ、可能ですが……そのような任務はあなたに発令されておりませんけども』

「朝の体操ついでに潰したくなっただけです。いいから早急に私のスマホに送って下さい」

『は、はい……』

それから五分後。着替えを済ませた黒乃は玄関を出て**時間を止めると、停止した太平洋を横断し、往復した。**

その後の顚末《てんまつ》に、特筆すべきことはなにもない。

ただSNSの海の中に、積み上がった精製大麻数トンの写真と、熟した夕陽《ゆうひ》色の果物の写真がアップされただけである。

4　―side 黒乃詩亜―

場所は教室、時刻は昼休み。

黒乃は机の上のマンゴーを前に悩んでいた。どうしましょうこれ。

写真を上げたラッキーアイテムは常に身につけておくようにと書いてあったのだ。

さすがに白い粉は自制したが、マンゴーの方は学校まで持って来てしまった。

冷静になってみると、邪魔だ。

隣の席で弁当を広げていた甲斐《かい》に、黒乃は訊《たず》ねた。

「……あの、甲斐くん。マンゴーはお好きですか？」

「……どうしたのそれ」

「ええと。諸事情ありまして」

するとその時、教室の扉を開けてやって来たのは、ヴィヴィッドピンクのツインテール、甘風炉手々《あまふろてて》だった。

「詩亜《しあ》ちゃん！　お弁当一緒に食べよ！　あ！　ロウ君も隣の席なんだ！　わーやったぁ！　三人！　三人で食べようよ！」

有無を言わさぬ笑顔で駆け寄ると、甘風炉は購買で買ったらしきパンと牛乳を、黒乃《くろの》の机に遠慮なく載せた。

「あー！　それより詩亜ちゃん。何で昨日ライン返してくれなかったの。わたし、早速嫌われたかと思って、不安で寂しくてガタガタ震えすぎてパパに怒られたんだよ!?　震度五強かと思ったって！」

「すみません。寝ていました」

「も、もうー！　次からちゃんと返事してよね」

「気が向いたら」

「それ絶対返さない奴《やつ》じゃん……いいもん、なら責任者のロウ君に送りまくるから」

「俺はいつの間に、一体何の責任を負わされてんだ……？」

「えーと、わたしの良好な交友関係の維持とそれに基づくメンタルヘルスに関連する全般において？」

「友達やめるぞ」

「嘘《うそ》！　うそうそ冗談だからそれだけはやめてぇ……ところで、なにその果物？」

「マンゴーです」

答えながら、黒乃は何となくそれを甘風炉の頭上に載せた。

「くれるの？　ありがとう！　とと……」

意外にも甘風炉は器用にバランスを取って、楕円《だえん》の果実を頭上に保持した。

小癪《こしゃく》な、と黒乃が思った時、教室の端から声が聞こえてきた。

「あの三人、何で急に一緒に飯食ってんの？」「部活同じだからじゃない？」「あー、でもさ、五組の甘風炉って確か、アレって噂《うわさ》じゃん？」「え？　ってことは、黒乃さんと甲斐《かい》との間にあれって感じなの!?」「うわ、それちょー面白いわ」「というか何でマン■ー？」

下世話な笑い声が、シャツに落ちたインクのように黒乃の心をぽたりと汚した。

いつもの彼女ならば無視していた。なのにどうしてか、今日は殊更不愉快な気分になった。

しかし、黒乃の右目が光るよりも先に、立ち上がったのは甘風炉だった。

彼女は、好意だけを欠いた笑顔のまま、噂話の中心につかつかと歩み寄り、言った。

「あの、なんか文句あるの？」

「えっ……い、いや、何でも」

「そうそう！　仲いいんだねーって話してただけで」

「うん。そうなんだよ。単に仲のいい友達と一緒にお弁当食べてるだけだからさ。横からあることないこと耳に入ると、わたし、嫌だな」

それだけぴしゃりと言い捨てて、甘風炉はくるりとその場から踵《きびす》を返した。

「ふう……どこのクラスにもいるんだねーああいうの、めんどくさいなあ」

「ごめん、甘風炉《あまふろ》。変に気をつかわせて」

「別に全然いいよ！　ロウ君は悪くないし！」

黒乃《くろの》は少し、甘風炉の評価を改めた。

（アホですが……その辺の有象無象よりは、マシかもしれません）

それはそれとして、甲斐《かい》との距離が近いのは極めて重大な懸念事項だが。

千切った菓子パンを牛乳と一緒に口に入れて、甘風炉が言った。

「ねえねえ二人とも。そう言えばさ、文化祭って来月じゃん」

「そう言えば、そうですね」

高校の文化祭といえば一般的に秋口だが、黒乃たちの通うこの高校はやや特殊なようで、伝統的に夏休み前の七月開催だった。開催期間は四日間とやや長めである。

「あのね。そのことについてなんだけど」

甘風炉はコホンと咳払《せきばら》いして、続けてこう言った。

「詩亜《しあ》ちゃん、ロウ君。わたしと一緒に、喫茶店やらない？」

第三章　彼は平凡な男子高校生であり、それは嘘《うそ》である

1　──side 甲斐郎《ろう》──

甲斐郎は、平凡な男子高校生である。

17歳、学校から徒歩十五分ほどのマンション暮らし。

平均的な成績と運動能力。そして平均身長と体重。特筆すべきはくすんだ白色の頭髪だが、これは別にポリシーやファッションセンスの表明ではない。つまり地毛と同じだ。

「もう夏だなあ」

そうですね、と涼やかな相槌《あいづち》が隣から響いた。

少年の隣を歩くのは、彼の属する平均的高校生という概念のはるか上をロケットでつき抜けたような少女だった。

彼女の名前は、黒乃詩亜。

成績優秀、運動能力超人的。そして容姿端麗。

朝陽を透かす長い黒髪に、雪色のような白い肌。ほのかに赤い黒瞳はまるで宝玉のように、人形じみた端整な無表情にはまっている。半袖の制服を着た女性らしい曲線、やや短い藍色のチェックのスカートから伸びた足はすらりと眩《まぶ》しい。

背筋を伸ばしてつかつかと歩く。まるで研がれた刀を思わせる彼女の雰囲気は、じりじ

りと照り付ける初夏の日差しを物ともせぬ静けさをたたえていた。

総じて、類を見ぬほどのクールな美少女とでも言うべきか。

そんな彼女と並んで登校する通学路の景色とも、もう一年近くの付き合いだ。

「むう。そう言う甲斐《かい》くんは、朝食はしっかり食べたのですか?」

朝食を食べ忘れた、と言う黒乃《くろの》に苦笑をむけると、彼女は少しだけ非難がましくこちらを見つめてきた。

「ああ。ご飯とみそ汁とシャケの切り身とアスパラガス」

「健康的ですね。とても良いことだと思います」

「ありがと。でも朝飯食ったぐらいで褒められると、なんか照れくさいな」

甲斐は頬《ほお》をかいた。なんでもない事を、面と向かって褒められると気恥ずかしい。

あるいは、相手が黒乃だからか。

もう見慣れたとはいえ、黒乃はすれ違った十人中十一人が思わず振り返るほどの美少女だ。やはり年頃の男子としては、意識せざるを得なかった。

(とは言ってもなあ……)

甲斐にとっての黒乃はあくまでただの隣人で、クラスメイトで、同じ部活の友人だ。

そして、恋愛対象ではない。少なくとも、そう思うことを甲斐はためらっていた。

それには深い事情があるのだが……――。

「――っ!!」

突然、隣を歩いていた黒乃が後ろ向きにバランスを崩した。

咄嗟《とっさ》に、甲斐は彼女に向かって腕を伸ばす。

辛うじて、少女の背中とアスファルトの間に腕を入れ、抱き止めることに成功する。

素早い反応だった。――まるで直前には、彼女が転ぶと分かっていたように。

「え……？」

黒乃は呆然《ぼうぜん》と、自分を見下ろす少年を見上げた。

一秒、二秒……。少女の体温が、触れた腕から伝わってくる。

端整すぎる顔と見つめ合うのが恥ずかしくなり、甲斐は思わず顔を逸《そ》らした。

「黒乃さん、大丈夫？　……びっくりした、急に転ぶから」

「は、はい……大丈夫、です」

消え入りそうな黒乃の返答に、甲斐はぐっと我慢した。

本当に驚いたのは、急に手を握られて、一時間近く撫《な》でまくられたことだと告げるのは。

ここまで言えば、もう分かるだろう。

甲斐郎《ろう》。彼は――。

再び、時間が止まった。

――彼は、黒乃詩亜《しあ》の能力によって、時の止まった世界を。

（また止めるのかよ……）

完璧に、バッチリと認識していた。

ということは、つまり。

時の止まった通学路の真ん中で、黒乃《くろの》が叫ぶ。

恐らく、というか確実に、誰にも聞かせるつもりのない本音を。

「ああ、もう〰〰っっ!! 甲斐《かい》くん、大好きですっ――!!」

思いっきり、甲斐は聞いていた。そして。その上で。

(ああ、もう、朝っぱらから何を言ってんだ、お前はっ〰〰!!)

きっと彼女にも負けないぐらい、胸の鼓動を速くしていた。

2 ―side 甲斐郎《ろう》―

すべての始まりは一年と半年ほど前。

甲斐郎。当時15歳。中学三年生の冬。

休日、受験勉強の気分転換に顔を出した近所の弓道場から帰ると、甲斐は家に誰もいない事に気が付いた。

「ただいまー」

甲斐の家は父と母との三人家族、それとペットの猫が一匹だ。両親はともかく、いつも玄関まで走ってくる猫のヌルハチが、今日に限ってその気配も見せないのはおかしい。

不審に思いながらリビングへ入った甲斐は、机の上に置手紙を発見した。

嫌な予感を覚えつつ、読んでみると。

『郎へ。実はウチには借金二億あるから、父さんと母さんは高飛びします。
お前はもう十分大きくなったと思うのでこれからは一人で頑張れ。
あと闇金から取り立てがくるのでよろしく。
追伸　かわいそうなのでヌルハチは連れて行きます』

甲斐は手紙を投げ捨てて、素早くスマホを取り出した。
両親へのラインはつながらなかった。もちろん電話も。
だから思わず、黒髪をかきむしりながら叫んだ。
「あのクソ親がああああぁぁぁぁあっっ!?」
なにをさらっと、会社員の平均生涯収入並の借金こさえてやがるのか。
一人息子を、ふざけた手紙一つで置き去りってどういう神経だよ。
あとヌルハチを返せ。絶対に家族の中では俺に一番懐いていたのだから。
しかしそんな罵声をぶつけるべき相手は、この家にはもういない。
「……おかしいとは、思ってたよ」
甲斐は呟《つぶや》いた。前兆はあった。
中学一年生の夏、父が急に投資でＦＩＲＥするとか言い出し、会社を辞めた。

その一週間後、再びスーツを着てアルバイトの面接に行く父を見た。

中学二年生の秋、母が簡単に秒速で百万稼げる副業を始めたとか言い始めた。

その三日後に、天然水素水を名乗る大量のミネラルウォーターが家に送られてきた。

……冷静に考えれば、この辺りで誰か別の大人に相談するべきだったのかもしれない。

しかし今となってはもう遅い。

真冬の室温よりも冷たい汗が、甲斐《かい》の背筋を伝い落ちた。

アホの両親はともかく、自分の将来が震え上がるほど不安だった。

このまま高校を受験しても果たして春から通えるのか？　いやそもそも借金取りが来たらどうすれば？　あと電気水道ガスってまだ使えるのか？

どれもこれも未成年には手に余る問題ばかりが、頭の中で幾重にも渦を巻く。

とりあえず誰か大人に助けてほしい。

手汗で張り付いたスマホに視線を落とす。両親の親戚か、いやそれより先に警察だろうか。震える指先がラインと電話帳と緊急通報とを行ったり来たりする。その時だった。

ピンポーンと、一人だけの家にやけに大きく響く玄関チャイム。

そのせいで、混乱の頂点に達していた甲斐はついに思考停止に追い込まれた。

反射的に、普段通り玄関に出てしまう。

そこに立っていたのは、見知らぬ黒服の男が二人だった。

「ご両親は？」

「……いません」

あ、ヤバい。これ完全にあっち系の人だ。

宿題を忘れた時の教師よりも前に立ちたくない人種がこの世にはいることを、甲斐はこの時初めて、その肌身で思い知った。

「ご両親の借金は知ってるよね」

「……はい」

「じゃあ悪いけど君の体で返してもらうよ」

そして抵抗する間もなく、甲斐は車に連れ込まれた。


甲斐が、目隠しをされて連れ去られた先は、どこか病院のような場所だった。

正確には分からない。病院というのは、そこで注射を打たれたので連想しただけである。

当然のように、何を注射されたのかの説明はない。これ絶対医療法みたいなのに引っかかるアレじゃんと思う間もなく、甲斐は意識を失《な》くした。

そして、ベッドの上で目を覚ました。

最初に感じたのは頭痛。頭に触れると、どうやら包帯が巻かれているようだった。

成功……では実地試験は彼を……。

どこからか声が聞こえる。けれど、ずきずきとひどい頭痛のせいで、それどころじゃない。

どれくらい経《た》ったのか、寝て起きてを繰り返した甲斐《かい》の前に、また黒服が立っていた。

それから半ば無理矢理《むりやり》にベッドから連れ出され、車に乗せられて。

そして——家の前まで、送られた。

黒服は無言で甲斐を降ろし、そして車で走り去っていった。

「……え？」

残された甲斐は、まったく意味が分からなかった。

けれど見慣れた一軒家の玄関を見ると、全てがどうでもよくなるほど安心できた。

帰宅する。安心したら腹が減った。カップ麺残ってたかなと、足を踏み入れたリビングに。

「お帰りなさい、お兄様」

「——は？」

まったく見知らぬ少女がいた。

季節は冬なのに、黒いキャミソール一枚にホットパンツ。大きく晒《さら》された肌は眩《まぶ》しい、というよりは病的な色白。そしてなぜかつけているエプロン。

ところどころに白い斑《ぶち》を交えた子犬のような金髪のショートカットの下、ニコニコとした笑顔は紛《まぎ》れもなく甲斐を正面に捉えていた。

咄嗟《とっさ》のことに何も言えないでいると、謎の少女は名乗り始めた。

「はじめまして。私の名前は外道極悪《そとみちこあ》。今日からあなたの家族になるので、これからよろしくお願いしますね、お兄様」

「………あ、はい」

ヤバい、不審者だ。甲斐は反射的に回れ右して逃げようとした。

しかし、なぜかその一瞬、体が動かなくなり。

「とうっ!!」

と、背後からドロップキックを食らって、フローリングに倒れ込んだ。

「ぐはっ」

「逃げてはだめですよ、お兄様?」

起き上がろうとしたうつ伏せの背中に、小さなお尻が遠慮なく座り込んでくる。

尻に敷いた甲斐を見下ろして、少女——外道はにんまりと声を落とした。

「なぜならば、私はとある悪の〈組織〉の一員でして。あなたにはご両親の借金のカタとして、我々の実験に協力してもらうのですから」

3　——side 甲斐郎《ろう》——

「食べないんですか、お兄様?　お近づきの印に、妹の手作り愛情カレーですよ」

衝撃のファーストコンタクトから、暫《しば》し後。

甲斐は見知ったリビングで、見知らぬ妹からカレーの皿を勧められていた。

どういう状況だコレ。意味不明すぎて理解が追い付かない。

両親がいなくなってからずっと、脈絡のない夢の中にいる心地だった。

するとエプロンを外した少女――外道《そとみち》が、対面に座って告げた。

「だから言ったじゃないですか。私たちは色々な犯罪を営利目的に行う悪い〈組織〉の人間です。あなたのトコに来たのは、ご両親が借金をつくった闇金の業者が顧客情報を私たちに売ったからです。というわけで一人息子のあなたには、これからとある実験に協力してもらおうというわけです」

「それが意味不明なんだよ。だいたい悪の組織って今時小学生でも――」

がん、と外道がテーブルの上に無造作に叩《たた》きつけたのは、拳銃だった。

偽物、モデルガン。と甲斐《かい》が思ったと同時。

心を読んだように、外道はそれに指を引っかけてくるくると回すと、天井に向けて引き金を引いた。

耳をつんざく破裂音。椅子を揺らしてすくみ上った甲斐が、恐る恐る見上げると、焦げたような小さな穴が天井に開いていた。

「はい。説得力はこれでいいですか？　じゃあ話進めますね」

テーブルの上に銃を置き、外道は話を続けた。

甲斐にはもう、口を挟めるはずも無かった。

「では改めまして、私の名前は外道極悪《こあ》。あなたの監視と管理役として〈組織〉か派遣した未成年工作員で、今日からお兄様の設定上の妹です」

「……その名前、どんな漢字書くんだ？」

「外道極悪《こういうかんじ》です」

「いるわけねえだろそんな人間っ!?」

思わずつっこんでしまう。名づけ親は一体何考えてたんだ。

気にした風もなく、外道《そとみち》は笑顔のまま続けた。

「お兄様。手術はもう受けましたね」

「……手術？」

甲斐《かい》はおうむ返し、愚問だと気付いた。連れて行かれた病院（？）。自分の頭に巻かれた包帯。自分の身に何が起きたのか、外道の口から改めて説明された。

「あなたに施された手術は、対・時間停止手術です」

「時間、ていし――なんて？」

「対・時間停止手術。とある異能力者に対抗するために、〈組織〉が開発したものです」

「異能力者って……」

じゃき。テーブルの上で、銃口が甲斐の方を向いた。

「すいません。お話を続けて下さい」

「よろしい。ではまず、黒乃詩亜《くろのしあ》と名乗る少女について話しましょうか」

そこから説明されたのは、まるで荒唐無稽な内容だった。

人知れず、世界各国の政府が手を焼く凶悪犯罪を取り締まる秘密警察、国際警察機構。そこに所属するクロノシアこと黒乃詩亜という少女は、なんと時間を停止できる異能力者で、当然のようにめちゃくちゃに強いらしい。

そして彼女一人のせいで、世界中の組織犯罪は深刻な損害を被っており、外道の所属する悪の〈組織〉も例外でないらしい。

だから、そんな彼女を排除するために〈組織〉が開発したのが、対・時間停止手術。

「——施術された人間を、停止された時間の中でも行動できるようにするものです。とは言っても、まだまだぜんぜん試作段階なので、あなたに実地試験を行ってもらいたいのです」

「実地試験て、何するんだよ」

「治験と一緒ですよ。知ってます？　知りませんか。要はお薬を飲んで、飲んだ後の体の様子を診せてもらうのと一緒。手術を受けたあなたには、それが健康にどう影響するか、そして何より、ちゃんと効果があるのかどうかのデータを提供してもらいたいのです」

甲斐は、どうにか情報を受け止めて、具体的な部分に踏み込んだ。

「つまり……俺、これからどこで、なにをさせられんの？」

「黒乃詩亜。彼女と同じ高校にこの春から入学して、できる限り彼女の近くで学校生活を送ってもらいます。平たく言えば、お友達になれというわけですね」

そう言って、外道は机の上にタブレットを置いた。

細い指先が画面を切り替える。ぱっぱっと表示されたのは、都内の私立高校の入学案内らしき文書ファイル。そして、外道《そとみち》の指が止まった。

画面には、黒髪の少女の写真が一枚、表示されていた。

「これが黒乃詩亜《くろのしあ》です」

胸元から顔だけを切り取った枠の中にいたのは、長い黒髪を落とした精巧な人形のような少女だった。

甲斐《かい》は思わず、写真の中の彼女を見つめた。

「お兄様、目つきがスケベですよ」

「なわけあるかっ！　……それで？　この子と友達になって、それだけでいいのかよ」

警戒しながら問うと、今のところは、と外道は頷《うなず》いた。

「有用なデータが集まれば、卒業と同時に解放してあげます。た・だ・し……お兄様の体には盗聴器とGPSと極小カメラが埋め込まれていますので、誰かに何かを伝えようとすれば、私にはすぐに分かります。つまり」

そこで言葉を切って、勢いよく伸ばされた腕が、甲斐の襟首を掴《つか》み上げた。

ぐいっと、シャツごと上体を引っ張る少女らしからぬ力。

引き寄せられた顔が、テーブルの上で外道と見つめ合う。黒く濁った彼女の瞳には、甲斐から見て年下の女の子とは到底思えない、ぞっとするような迫力があった。

「大事なことなのでよく聞いてくださいね——誰かに喋《しゃべ》ったら、ぶっ殺すぞ」

本性を現したような低い声は、大の大人と比較しても何ら遜色ない、これは本気だという見えぬ質量が込められていた。

背筋を冷や汗が伝う。ごくり、と無意識に喉が唾を飲む。

そして、不意に――ぐるると、甲斐の腹が鳴った。

ベッドで起きて車に乗せられてから、思えば何も食べていなかったせいか。

外道は驚いたように目をぱちくりさせて、甲斐の襟首からぱっと手を離した。

「あはは、脅されてるのにのんきですねぇ。カレーできてますよ、どうぞ」

「……いただきます」

甲斐は、ずっとテーブルの上にあったカレーライスにスプーンを伸ばした。

恐怖と気恥ずかしさでごちゃ混ぜの頭に代わって、本能がスプーンを口に運ばせる。

一口、二口、冷めかけたカレーを食べながら、頭の中で整理が始まる。

家族はもういない。そして変な妹ができて、脅迫された。

どうすればいいのだろう。

あの黒服や病院みたいな場所や、この外道がヤバい奴《やつ》らだというのは分かる。それに従うことが、恐らくいけないということだとも。

でも、別に、その黒乃とかいう少女と友達になるぐらいなら、ぜんぜん、ヤバくも危険でも犯罪でもないだろう。

それに、言い換えれば高校には通わせてもらえるということだし。

親のしたこととはいえ、元はこちらが借金をしたせいだし。

逆らったら、本気で何をされるか分からないし。

それらが自分自身への説得材料だと薄々気づきつつも、結局、甲斐《かい》は状況を受け入れた。

「……ところでさ」

「何です？　お兄様」

「クソ不味《まず》いなこのカレー」

「うわーん！　お兄様のバカぁ！」

5　—side 甲斐郎《ろう》—

そして二カ月と少し経《た》った後、桜の咲いた四月。

甲斐郎は、都内の私立高校に入学した。

私立浅木《あさぎ》学園。都内でも有数の名門校……ではなく、偏差値は精々上の下といったところだが、甲斐の成績では合格安全圏かは微妙なところ。

しかし〈組織〉とやらが根回ししたのか、無事に裏口入学できた。

こういうの、後からバレて将来に響かないと良いんだけどなと思いつつ、甲斐は困ったように頭をかいた。

そして本当に困ったことに、その頭髪の色は、くすんだような白色になっていた。

——二か月と少し前、初めて頭の包帯を外した日。甲斐の叫びが朝の洗面所に響く。

『なっ、んじゃこりゃあああっ⁉』

『なんですかお兄様。朝からうるさいですよ……って、あー。それですか』

寝ぼけ眼でひょっこり現れた外道《そとみち》が、こう言った。

『対・時間停止手術の後遺症です。染め直してもすぐに色が抜けて白くなっちゃうので、そうなったらもうどうしようもないですね』

『こ、この頭で学校行くのかよ……』

『今時、別に珍しくもないでしょ』

たしかに、茶髪や金髪ぐらいならゴロゴロいるだろうし、自分でもいつか染めてみよっかなとは思っていた。が、いきなりオフホワイトはロケットスタート決めすぎだ。

というわけで現在。甲斐は予想通り、周囲からの注目をひしひしと感じていた。

「ねえ、君のその髪って自分で染めたの？　高校デビュー気合入ってるね」

「ああ。これ地毛でさ、ちょっと体質的なアレなんだよ」

「あっ……そ、そうなんだ。ご、ごめん」

とりあえず訊《たず》ねてきた奴《やつ》に気まずさをプレゼントし、せめてもの八つ当たりをしておく。

それに自分の意思ではないのだから必ずしも嘘《うそ》じゃないだろう。

ともかく入学式の後、各クラスの教室に分かれての自己紹介の時間。

「甲斐郎です。趣味はマンガとゲーム、特技は、えーと、石頭です。よろしくお願いします」

ぱちぱちとまばらな拍手。甲斐《かい》は一礼して着席した。

直後、五十音順に並んだ真後ろの席で人の立つ気配。そして。

「——黒乃詩亜《くろのしあ》です」

甲斐は思わず、振り向いていた。

そこに立っていたのは、見せられた写真と同じ、長い黒髪を落とし、均整のとれた体にすらりとした手足を行儀よく揃《そろ》えて凛《りん》と立つ、とてつもない美少女で。

「趣味はありません。特技は運動です。よろしくするつもりもありません。以上です」

ほのかに赤い瞳がつまらなそうに、淡々と言い終える。

そして、甲斐は直感した。

（あ、友達作る気ないなコイツ）


—その日の放課後、甲斐は弓道部の体験入部にやってきていた。

理由は、単に入部するつもりだったからである。

結局、自己紹介の後、教室で黒乃には一回も話しかけることができなかった。なんというか、彼女は周囲一メートルぐらいに他人を拒絶する空間を展開しているのだ。

（どうしようかな……）

どうしようも何も、勇気を出して話しかけるしかない。明日から。

だから、同じ体験入部生の中に黒乃を発見した時、甲斐は目を疑った。二重の意味で。

（……おいおい待て待て。一体、どう引いたら弓がぶっ壊れるんだよ？）

野球で例えるなら、金属バットで素振りしたら風圧で折れましたみたいなものだ。人体が起こしていい物理現象じゃない。すると彼女は、人間ではなくゴリラと考える方が妥当に思えた。いや、ゴリラでも無理だとは思うが。

甲斐の開いた口が塞がらないうちに、件《くだん》の黒乃は先輩部員と二言三言交わした後、少し離れた道場の隅に移動して行った。どうやら隔離、もとい見学を命じられたようだ。

（まあ、そりゃそうだろうな……）

弓道部はどうやら部員が少ないのか、数人の上級生たちは皆、他の体験入部生の相手に手一杯で、誰も黒乃を見ていない。

そして甲斐も、経験者であることを告げたらすぐに「自由に見学してていいよ」と弓を貸し渡されて半ば放置された身だ。つまり、チャンスではないか。

別に明日、教室でも会える。話しかけるのは。その時でもいい。

それに十中八九、友好的な反応はされないだろう。

けれど無表情で一人、ぽつんと片隅に立っている黒乃を見ると、なにやら放っておくには忍びない気持ちになるのも事実だった。

だから、甲斐は勇気を出した。

「……誰ですか、あなた」

ポニーテールにまとめた長い黒髪がくるりと振り返る。愛想というものを一切含まないクールな顔つきに人間味はなく、ただうっとうし気な視線で射貫《いぬ》かれる。

甲斐《かい》は即座に、しおれた勇気を胸に抱えたまま、回れ右したくなるのを我慢した。

「急に声かけてごめん。ええと、俺は同じクラスの——」

「……ゾウリムシ」

「いやなんでだよ」

初対面としてもあまりにも、あんまりな呼ばわりだった。

「すみません。クラスメイトの名前、憶《おぼ》えていないので」

甲斐は思った。どういう教育受けてきたんだコイツ。コミュニケーションに難がありすぎる。いっそ本当にゴリラだったらいいのに。バナナ買ってくれれば仲良くなれそうだし。

しかしもう話しかけてしまったものはしょうがない。

甲斐は、貸し出された弓を黒乃《くろの》に差し出した。

「はい」

「……貸して、くれるのですか」

頷《うなず》いて、甲斐は言った。

「次はさ、腕に力を入れないで引いてみて」

「は?」

すると黒乃は思い切り、疑うような半目で睨《にら》んできた。

「あなた、何を言っているのですか。力を入れなければそもそも引けないでしょう」

「ああ、いや、そうなんだけど、そういうことじゃないんだよ。弓を引く姿勢ってさ、腕に力を入れるとどうしても引きすぎちゃうんだ。それで、黒乃さんはちょっとゴリ……人間離れしてるみたいだから、腕力に任せると、さっきみたいに弓が耐えきれなかったんだよ」

「だとしても、物理的に力を加えなければ引けないでしょう」

「うん。だから、引きすぎないように背中を使うんだよ」

通い慣れた道場で初心者を相手にする時と同じように、甲斐は説明した。

「背中の肩甲骨を動かして、開いていく弓の中に体を入れていくイメージ。腕はあくまでも補助として、持って行かれないように肘を意識するだけでいいから」

甲斐は何度か自分で引いて見本を見せ、黒乃はまたそれを真似《まね》し、もう弓を破壊するということもなく、姿勢も安定し始めた頃。

「あの、ミジンコ……じゃなくて、あなたは」

「ええと、甲斐郎《かいろう》です。一応クラスで自己紹介したんだけど……」

「そうですか。いま覚えました。ともかく、この部活に入るのですか」

「まだ分からないけど、今のところ、そのつもりかな」

「なら私も入ります。そして――」

きつく、睨むような上目遣いが甲斐を見上げた。

「絶対に、あなたには負けませんから」

6 ——side 甲斐郎《かいろう》——

テーブルの上に出来上がったカレーを二人前おいて、甲斐は階段上に呼びかけた。

「メシできたぞー」

とたとたと、裸足《はだし》の外道《そとみち》が二階から降りてきた。ぼさぼさの髪、ぶかぶかのTシャツにホットパンツ。明らかに、今日一日外出していないことが分かる。

外道は学校に通わず、甲斐が通学している間は家にいるようだった。

「ニート……」

「失礼な。ちょっと就学も就労もしてないだけです。今日のご飯は……カレーですか」

テーブルの上を見るなり、外道は微妙な声音で呟《つぶや》いた。

「嫌いだったのか？」

「いえ大好きですよ。でもこの前、どこかのお兄様に、ひどいこと言われたの思い出して」

じとりと、根に持ったような視線が甲斐を睨《にら》む。

「いやだって、お前の手作りカレー普通にメチャクソ不味《まず》かったし……生煮えだし、水っぽいし、玉ねぎ焦げてたし、肉も固かったし」

「お兄様？　一応女子の手作りだったんですけどあなたデリカシーとかあります？」

それを言われると、甲斐は黙るしかできなかった。

二人分の「いただきます」がリビングに反響する。

母がおかしな副業にのめり込んだ時から家事は甲斐が担当していた。ので、同世代と比べればそれなりに料理はできると自負している。

「さてさて、私の手料理を散々馬鹿にしてくれたお兄様の腕前はいかほどでしょう」

恨みがましく甲斐を見つめながら、外道はスプーンを口に運んだ。

「……どうだ？」

しかし甲斐にしても、家族以外に食べさせるのは初めてだった。

若干緊張しながら問いかけると、外道はゆっくりと喉を動かしてから言った。

「ちくしょう」

「は？」

とても、食い物の感想とは思えない言葉に、思わず聞き返すと。

「お兄様のくせに、すっごく美味《おい》しいですっ！　こんちくしょう」

外道は心底悔しそうに、パクパクとスプーンを動かした。

「……お兄様、私、これから毎日カレーでもいいですよ」

「俺が嫌だわ」

そんな食事の途中、外道はそれを切り出した。

「それでお兄様、学校は――いえ、黒乃詩亜《くろのしあ》とはどうでしたか？」

記念すべき一回目の任務報告会です、と一人でぱちぱちと拍手する外道。

甲斐《かい》は淡々と、あるがままを話した。クラスでのこと、同じ部活になったこと。

聞き終えると、外道《そとみち》はわざとらしく目元を擦《こす》りながらこう言った。

「うう〰〰感激です！　小さい頃から妹と結婚するんだと公言していたシスコンが、ついに他の女性と話せるようになったなんて……！　私、安心と感激で涙が止まりません」

「存在しない記憶で俺の名誉を毀りつけるな。というか、そもそもだけどさ」

「？」

「なんでお前、妹なんだよ」

「それが一番、自然な設定だからですよ」

外道は言った。未成年の男女の二人暮らしを健全に説明する関係性が他にあるのかと。

「もしかしてお兄様、嫌なのですか？　私が妹だと」

「うん、まあ、どっちかというとすげえ嫌だ」

「そうですか。じゃあ今から私はあなたが下校途中の道端で誘拐した女の子です。少なくとも、これから出会う人間にはそう説明しますね」

「……すいません、どうか妹の設定でお願いします」

よろしい、と外道は頷《うなず》いて。

「ところで、ターゲットは時間を止めましたか？」

「いや、そんな感じはなかったけど」

言うと、外道はそうですか、と軽く頷いた。

「まあ近くにいればチャンスもあるでしょう。それが一番大事なデータなので、よろしくお願いしますね、お兄様」


——甲斐が、黒乃《くろの》とともに弓道部に入部してから、およそ一週間。

その間、互いの関係に特に何かはなかった。時間を止められた気もしない。

しかし、明確な変化が一つだけ。

「マジか……」

放課後の弓道場で、甲斐は思わず呟《つぶや》いた。下手になっている。誰が、黒乃がだ。

あれだけ息巻いておいて、だ。愕然《がくぜん》とした甲斐の耳に、周囲の声が聞こえてきた。

「うーん。ありゃひどいな」

「声かけてみろよ、きれいな子だし、優しく教えてやれば仲良くなれるかもしれんぜ」

「俺試したけど駄目だったわ、なんか、反応冷たいし無愛想だしさ」

黒乃は道場の隅で、無表情のまま、不格好な素引きを幾度も重ねていた。

一心不乱に、その様子はまるで何かに追い詰められているように見えた。

甲斐はふと、自分が初めて弓に触れた時を思い出した。

小学生の頃、両親が近所だからと、道場の見学に連れて行かれたのが始まりだった。

最初はまったく引けなくて、楽しくなくて、でもそんな風に不貞腐《ふてくさ》れる自分を優しかった師範は教え続けてくれた。しかし、甲斐が中学生に上がると彼は道場に来なくなり、高齢のため脳卒中で亡くなったと後から聞いた。

今となってはその恩は、他の誰かに返すべきだと思う。

「あの、黒乃《くろの》さん」

「なんですか」

じろりと、極寒の視線が甲斐《かい》を射貫《いぬ》いた。その迫力にたじろぎつつ、声に出す。

「よければ、一緒に練習して、お互いにアドバイスしたりしない？」

「結構です」

すげなく断られる。とはいえ、甲斐もこれぐらい予想していた。

「そっか」

だから、そのまま少女の横で、自分の練習を始めた。

するとすぐに、黒乃は声を上げた。

「な、何をしているんですか、あなた」

「何って、ええと、練習を」

「わざわざ私の近くで行う必要性はありませんよね」

「いや、その、一人で練習してても上手《うま》くならないから」

「私はそうは思いません。それにあなたにしても、他に練習相手がいるでしょう。どうして私なんかの隣に来る必要があるのですか」

「それは……その」

矢継ぎ早の指摘に、甲斐は言葉を選んで答えに窮して。

本音をそのまま、伝えることにした。

「あのさ。黒乃さん、今、楽しい？」

「いいえ」

黒乃は即答した。

「楽しさなど不要です。私はただ、上達すると決めた。ならば目標達成まで繰り返すだけです。そこに、私の感情など何の関係ありません」

「そっか……でもさ、どうせなら気持ちよく練習した方が良いって、俺は思うな。何事も楽しんだ者が勝ちって、よく言うじゃん」

「────は」

「俺もさ、始めたての頃は全然楽しくなかったよ。……でもさ、周りからアドバイス貰《もら》って、褒められたりしてるうちに徐々にできるようになって、楽しくなったんだ。弓道ってさ、結構面白いんだよ。だからそんな機械的にやるのは、勿体《もったい》ないっていうか。お節介だけど、俺も結構長いことやってて弓に愛着あるから、黒乃さんにも、折角《せっかく》なら楽しさを知ってほしいんだ」

言って、甲斐は深々と頭を下げた。

「どうか一緒に練習させてください。お願いします」

そして数秒の沈黙の後。小さな呟《つぶや》きが、甲斐の頭上に落とされた。

「そこまで言うなら……好きにして下さい」

それから、甲斐《かい》は黒乃《くろの》の隣で練習するようになった。

そして一月も経《た》った頃には——。

「よし」

ぱん！　と的中の音が高らかに響く。黒乃が四ツ矢を皆中させた音だ。

その様子を見届けて、甲斐は安堵《あんど》のため息をついた。

色々と大変だった。少しでも納得いかなかったり、こちらの説明が曖昧だと冷たい瞳でとことん追及してくる黒乃に、アドバイスを受け入れてもらうのは並の苦労ではなかった。

でもなんだかんだ、そういう苦労も楽しかった、かもしれない。

練習が終わり、甲斐が自分の弓を片付けていると、ふと背後に気配を感じた。

振り返ると、そこには黒乃がいた。

「あ、あの、その、ええと」

様子がおかしい。彼女にしては歯切れ悪く、何かを甲斐に言おうとしている。

一体どうしたのだろう。疑問を頭に相手の出方をうかがっていると、告げられた。

「……あなたの、おかげです。ありがとうございました」

そう言って、黒乃はぺこりと頭を下げた。

「——」

どういたしまして、そう答えればいいだけのはずだった。

けれど、甲斐にはそれができなかった。

驚きともう一つ、よく分からないざわめきが、胸から溢《あふ》れて喉につかえたから。

それからというもの。

「あの、甲斐くん」

以前とは違い、黒乃の方からちょくちょくと甲斐に話しかけてくるようになった。

「どうですか？　自分では見えにくいので」

「ええと、充分きれいだと思うけど、強いて言えば少し馬手《めて》の肘が――」

そしてふと、甲斐は自分の変化に気付いた。

（……なんか俺、前ほどコイツと話す時、緊張しないな）

7　―side 甲斐郎《ろう》―

そんなある日の休日、午前中。

「おい、極悪《こあ》」

「なんです？」

「ちょっとぐらい掃除手伝え」

「嫌です。いま忙しいので」

甲斐は、リビングのソファにだらしなく寝転がった、誰がどう見てもご多忙には思えない存在に声をかけた。

パッと見、大きめのTシャツ一枚を被《かぶ》っただけに見える外道《そとみち》の部屋着は非常に目に悪い。黒乃《くろの》みたいな見事なスタイルではないだけまだマシだが。

「お兄様。いま、何か無礼なことを考えました？」

「いや、別に。てかお前、それ俺のスマホ……」

ごろりと寝返りを打った彼女の手元には甲斐《かい》のスマホがあった。

ただし以前の物だ。現在、甲斐のポケットにあるスマホは外道から新しく渡された物で、警察などへの連絡やSNSへの書き込みも不明な仕組みでロックされている。

「これはもう私の物なので、中身をチェックしているところです。……ふんふん、あ、クラウドに家族写真がありますね。わわ、小さい頃のお兄様発見です」

「やめんか恥ずかしい」

スマホを奪おうと手を伸ばす。

しかし外道は再び寝返りを打ち、ひょいと躱《かわ》す。その拍子に、オーバーサイズのTシャツの裾が捲《まく》れて、色白の大腿部《だいたいぶ》がその付け根まで露わになる。

「……」

「あら～？　どうしましたお兄様」

甲斐は再び手を伸ばす。外道はごろりごろりと回避する。その度にちらちらと見え隠れする白い太ももから目を逸《そ》らす。遊ばれているようでムカついた。

「ところでお兄様、大事なお話があるのです」

「……なんだよ」

ついに追撃を諦めた時、外道が言った。

「私たち、引っ越しますよ」

「は？」


――三日後、放課後の部活で。

「あの……少し、いいですか」

「うん。どうかした？　黒乃さん」

甲斐は、黒乃から話しかけられた。

その日は、彼女にしては珍しく、どこか気落ちしたような声だった。

「いえ、別に大したことではないのですが。その、引っ越すと聞いたので」

噂《うわさ》が回るのが早い。誰かとの何かの世間話の拍子に引っ越すと一言口走ったらすぐにこれだ。甲斐はやや辟易《へきえき》しつつ頷《うなず》いた。

しかしその噂に、自分が転校するという尾ひれがついていることを、甲斐は知らなかった。

「ああ、うん。ちょっと親の都合でさ、実家から出て一人暮らしすることになったんだ」

「そう、ですか」

（何だったんだ……？）

ただそれだけで、その日の黒乃《くろの》との会話は終わった。

——明くる土曜日の午前、引っ越し当日。

「なんで今日に限っていい天気なんだか」

最近は曇り空が多かったのに、その日に限って陽射《ひざ》しの眩《まぶ》しい青天だった。

個人業者のトラックから、甲斐《かい》は一緒になって荷物を運び出す。

なぜ急に引っ越しなんて。その理由は外道曰《そとみちいわ》く、こうらしい。

どうやらこのマンションは、例の彼女、黒乃が住んでいる物件らしく、甲斐もそこに入居することで、できる限り近くで対象を観察しろという〈組織〉の意向らしい。

そして当然、甲斐には異論はあれども反抗することはできず、こうして諾々と段ボールを両手にエレベーターを昇降しているわけだが。

（というかなんであのアホ妹は手伝わないんだ……）

体力がないとか言っていたが、どうせ面倒ついでにサボっているのだろう。

そんなことをぼやきながら部屋に荷物を運ぶ途中、冷蔵庫が狭い玄関に引っかかった。

がんがん、と幾度か玄関にぶつけてしまったが、どうにか搬入を終える。

甲斐は一息ついて、向かいの自販機で買ってきたスポーツドリンクに口をつけた。

その時だった。

バタン！　と威嚇するように、隣の部屋のドアが勢いよく開いた。

気を付けてはいたものの、どうやら音や振動が響いていたようだった。

しかし、咄嗟《とっさ》に謝ろうと振り返った先で、甲斐が見たのは。

「黒乃さん？」

「…………え？」

黒乃詩亜《しあ》だった。

どうしてか、まるで一晩そのままベッドで寝過ごしたようなしわのついた制服と、いつもながらのノーメイクの組み合わせは、しかしそれでも驚くほどに美人だった。

そんな少女は、丸く見開いた瞳で甲斐を凝視していた。

どうやら驚いているようだが、それは甲斐も同じ。

まさか、隣の部屋だったなんて――だが、そこで。

(あいつの、仕業か……っ!!)

甲斐はさすがに、この状況が偶然でないことに気付いた。

にやにやと笑う外道の顔が脳裏をよぎり、思わず拳を握りしめる。

そこで黒乃の呟《つぶや》きが、甲斐の意識を引き戻した。

「転校」

「え？」

「……転校、するんじゃなかったんですか」

「いや、しないけど」

答えると、それきり、黒乃《くろの》は何も言ってこなかった。

ヤバい、と甲斐《かい》は直感した。

「黒乃さん。もしかして怒って、ますよね……？」

答えはない。少女はただ俯《うつむ》いて、ふるふると震えている。

どうやら引っ越しの騒音が大変気に障ったのか、それとも甲斐の存在が、彼女の中で隣人として到底許容できる水準でなかったのか。あるいはその両方か。

「ごめん。大きな音立てちゃったのは、本当に俺が悪かったから――」

だが次の瞬間、甲斐はそれを見た。

ゆっくりと顔を上げた黒乃の右目が、真紅に輝き――。


そして、時が止まった。


一瞬で、周囲から音が消えた。

動くものの気配が、世界から抜け落ちた。

たった一人、目前の少女を除いて。

(――これ、が)

時間停止。黒乃の異能力。

甲斐は初めて、それと遭遇した。そして確かに、それを認識できていた。

しかし。

（……体が、動かない）

確か外道《そとみち》は、停止された時間の中でも動けるようなことを言っていたはずだが……指一本動かせる気配はない。

まるで耳と目を除く、全身が消えてなくなってしまったようだ。

なんだか不思議な感覚だなと思った時。

こつんと一歩。目の前の黒乃が、近づいてきた。

甲斐の背筋を冷や汗が伝う——はずはないのだが、そう錯覚してしまう。

（……てか、そもそもどうしてこいつは今、時間止めてんだ？）

まさかとは思うが、もしかして手術も含めた甲斐の正体がもう彼女にはバレていて——。

動かない体に戦慄が走る。黒乃はもう、吐息の聞こえそうな至近距離にいた。

真紅に光る右目とほの赤い左目が、上目遣いに甲斐を見る。

「そうです。あなたが……甲斐くんが、悪いんです」

黒乃の顔は、いつも通りの無表情。

——では、なかった。

ふるふると潤んだ瞳から涙がこぼれて、赤く染まった頬《ほお》を伝い落ちる。

「あなたのせいで、私は……こんな気持ちに、なったんですから」

どういうことなのか、甲斐には分からない。

そして、動かない体に、少女がひしりと抱き着いた。

(――――え)

「でも、お別れじゃなくて……良かった」

時の止まった体は、何も感じなかった。ただ、心だけが。

「――好きです、甲斐《かい》くん」

不意に伝えられた衝撃に、どうしようもなく震えていた。

8　―side 甲斐郎《ろう》―

引っ越しが終わった。

空っぽの新居の中で荷解《にほど》きもせず、甲斐は積み上げた段ボールに背を預けて、呆然《ぼうぜん》とへたり込んでいた。

動く気力がない。何も手につかない。脳の髄から体の芯まで、完全に麻痺《まひ》していた。

止まった時の中で放たれた、たった一言によって。

やけに遠くから、玄関のドアが開く音がした。

「お兄様。お引越しは終わりましたか――なんか顔が赤いですが、どうしました？」

ぱたぱたとやって来た外道《そとみち》が覗《のぞ》き込むように、甲斐の目の前にしゃがみ込んだ。

「いや、べつに……」

はっきりとしない甲斐の様子を見て、外道は腑《ふ》に落ちないといったように首を傾《かし》げる。

しかし次の瞬間、思い出したように、にやりと笑った。

「と・こ・ろ・で、お隣にはもう挨拶しました？」

やはり確信犯だったのか。しかしもう、怒る気も湧いてこなかった。

「……なんかつまらん反応ですね。もしかして、何かありました？　教えなさい」

甲斐は淡々と、何があったのかを吐き出した。

黒乃《くろの》と出会い、時間停止を使われたこと。

そして、告白されたこと。

すると外道は、目を丸くして。

「…………ふーん、そうですか。へえ、そんなことがあったんですねえ」

なぜか、拗《す》ねたように唇を尖《とが》らせた。

「で、結局、体は動かせないまま、告白されたのに返事もできず、彼女は彼女でそのまま引っ込んでしまったから、お兄様は一人ムラムラしたまま座りこんでるわけですか」

「いや、ムラっ……とか、そういうのじゃないけどよ」

「はいはい。とりあえず報告どうもです。とにかく、手術が一定の効果があるという確認は取れたようで何よりです。その調子で今後も続けて下さい。もしかしたら、何度も巻き込まれるうちに徐々に体が動かせるようになったりするかもしれませんし、それに停止中の彼女の動向も〈組織〉にとって貴重な情報ですからね」

そう言って、外道《そとみち》は甲斐《かい》の前から立ち上がった。

顔を上げて、追いすがるように甲斐は訊《たず》ねていた。

「なあ、その……どうすればいいと思う」

「何がです？」

「いや、何って、俺、黒乃《くろの》に告白されたんだけど……」

「まさかですけど、返事をする気ですか？」

外道はあからさまに、頬《ほお》を不満げに膨らませた。

「駄目ですよ、お兄様。だって時間停止中に告白されたのでしょう？　それに返事なんかしたら、自分から正体ばらすようなもんじゃないですか。そんなことしたらお兄様、国際警察機構の連中に逮捕されて、解剖とかされちゃいますよ」

「……あの、黒乃たちってさ、正義の味方なんだよな？」

「はあ……義務教育ちゃんと受けたんですか？　正義の味方とは良い人たちのことではありません、正義のためなら何でもして良い人たちのことですよ」

身も蓋もないことを言って、外道はやれやれと息を吐いた。

「それにしても命拾いしましたね、お兄様。万が一にも手術が完全で、体が動けていたなら、どうなるか分かりませんでしたよ。まあ、それはそれで成功の証明なので〈組織〉的には困りませんが」

「……」

「で、そんなことを訊ねてくるという事は、お兄様は、黒乃詩亜《しあ》のことが好きなんですか？」

「え、あ、いや……その、好きというか」

核心をついた質問に、甲斐は喉を詰まらせた。

好き。突きつけられたその二文字を前に、やけに恥ずかしい気持ちになってしまう。

居心地の悪さを誤魔化《ごまか》すように、甲斐は口を動かした。

「俺は、経験ないからそういうのよく分かんないけど……でも、向こうが好きって言ってくれるなら、その、なんというか、考えちゃうというか」

「うわークズ男」

「な、なんでだよ」

分かり切ったことを、と外道は鼻で笑った。

「明らかに自分でも意識してるくせに、向こうから告白されたからしょうがなくってスタンスを保とうとしてるのがキモイです。あとこれアドバイスですけど、せこいプライドを守りながら恋愛しようとする男ほど、地球上で情けない生き物はいませんよ」

「う、うぐ……っ」

正論かどうかはともかく、容赦だけはまるでない言葉が、甲斐の胸に突き刺さった。

それから数秒、頭をかきむしって、少年はとうとう耐え切れなくなったように叫んだ。

「あーもう、うるせえ分かったよっ!!　俺は、あいつに告白されてドキドキしたよ！　どうしていいのか分かんなくてぼーっとしてたよ！　でも、冷静に考えると嬉《うれ》しかったりするし、つ、付き合ってもいいかなって思ったりしてるよ！　これでいいんだろ⁉」

「ぱちぱち。良く言えましたね、お兄様。うわー鬼畜男」

「なんでだよっ⁉」

「だってよく考えて下さいよ。お兄様が彼女の近くで収集した情報や、手術を施されたお兄様自身のデータは、私たち〈組織〉が彼女を倒すために有効利用されるんですよ。つまり何食わぬ顔で彼女と付き合ってイチャイチャしながら、裏では彼女を陥れるだなんて、それを鬼畜と言わずしてなんと言うのか」

「うぐっ」

冷水をかけられたように、甲斐《かい》は再び声を詰まらせた。

そう言えば、怪しげな手術をされた自分の立場を、すっかり忘れていた。

しかし、だとするなら。

「じゃ、じゃあ、俺は黒乃《くろの》から距離置いた方が……」

「いや、それは実験に支障を来すのでやめて下さい。何のために引っ越したんですか」

本末転倒でしょう。と外道《そとみち》は呆《あき》れたように言った。

「とどのつまり愚かな思春期のお兄様は、現状維持で今の距離感を保っていればいいんですよ。それが罪悪感との上手《うま》い付き合い方です」

「……」

甲斐の沈黙は、決して同意のつもりではなかった。

しかし頭の中のどこにも、適切な反論は見当たらなかった。

「でもでも」

そうして押し黙る甲斐に、外道は一転、にこやかな笑みで言った。

伸ばされた細い指先が、甲斐の手に絡む。

「お兄様が、どうしても恋人が欲しいと言うのなら仕方ありません。土下座でもすれば、候補として考えてあげなくもないですよ♡」

ニマニマとからかうような外道の表情に、してもいない失恋を煽《あお》られているようで。

「結構です」

ムカつき混じりにそう言って、甲斐は背後の段ボールの山を振り返った。

……しかし冷静に考えてみれば、確かに高望みすぎる。

甲斐郎《ろう》は、平凡な男子高校生だ。ただ、高飛びした親の借金のせいで特殊な手術を施されて、妹を名乗る不審者と生活しているだけの、ただの思春期の男子高校生だ。

そんな自分が望んでいいのだろうか。

『――好きです、甲斐くん』

あんなに、あんなにきれいで、可愛《かわい》い女の子と。

友達以上の、関係なんて。

第四章　そして、少年は夜に訪ねる

1　―side 甲斐郎《かいろう》―

そして現在。甲斐郎と黒乃詩亜《くろのしあ》が出会い、そしてマンションの隣同士になった日から、一年近くが経《た》とうとしていた。

昼休みの教室。甲斐はカバンから弁当箱を机に取り出し、ふと、自分の右手に視線を落とした。

交わしたはずのない、彼女の体温が残っている気がする。

今朝の登校中、止まった時間の中で握られてから、ずっと。

気を取り直すように、甲斐は弁当箱を開いた。中身は昨夜の残りと冷凍食品、そして白米を半々にしただけのシンプルなもの。

隣の席から、ちらりと覗《のぞ》き込むように黒乃が声をかけてきた。

「甲斐くん。今日もお弁当ですか。美味《おい》しそうです」

「いや、ありあわせだし大して美味《うま》くもないよ。黒乃さんは、今日もカロリーメイト？」

「はい。高機能なので」

「そ、そうだね……えっと、チョコ味好きなの？」

「いえ、別に。食べ物の味は、特に気にしたことがありません」

隣の席同士、しかし机をくっつけて一緒に食べるということもない。

あの引っ越しの日から、甲斐は外道《そとみち》に言われた通り、現状維持を続けている。

黒乃の好意を知りつつ、ずっと気付かないふりをしている。

そんな日々の中で、甲斐はある種の冷静さで、あの日のことを見直すことができた。

するとどうしても、一つの疑問が生じるのだ。

つまりは、黒乃がどうして自分なんかのことがやたらと好きなのか分からないのだ。

だって彼女は超をつけたくなるほどの美少女で、さらに時間停止能力者で国際なんちゃらの最強のエージェントとかいう、とにかく想像もつかないほどすごい人間だ。

告白されて最初は確かにドキドキしたけど、今でも、してしまうけれど。

それよりも、居心地の悪さのほうが若干勝る。

それは、黒乃の好意を意識する度、彼女に比べてどうしようもなく、大したことのない自分が浮き彫りになるせいか。

そんなことを考えながら、甲斐は冷めた弁当に箸をつけた。

瞬間、時間が止まった。

(いや、なんでだよ？)

なぜ突然に。脈絡もなく、理由も不明な時間停止が甲斐を襲った。

そして、唐揚げを箸の先に載せて固まった視界に、黒乃がするりと回り込む。

「……甲斐くん」

そして不機嫌そうな半目が、まるで拗《す》ねたようにじっと睨《にら》んできた。

一体何なんだ。戦々恐々とする甲斐《かい》に、黒乃《くろの》は頬《ほお》を小さく膨らませて、こう言った。

「私、今日の朝、男子生徒から告白されたのですよ」

(……ああ、そういえば)

今日の休み時間、クラスの噂話《うわさばなし》を小耳に挟んだことを甲斐は思い出した。

「なのにどうして、そのことについて……まだ何も聞いてくれないのですか」

(はい?)

いやだって、どうせ断ったんだろ。それも容赦なく。

その光景は容易に想像できるし、分かり切った結果など特に気にもならなかった。

伊達《だて》に一年も同じクラス、同じ部活、お隣さんをやっていない。黒乃が非常にモテることなど今更だし、クールすぎる黒髪美少女という評判が、無数の失恋者の屍《しかばね》の上に築き上げられていることも知っている。

「もちろんその場で断りましたけど」

ほらやっぱり。しかし黒乃は、そんなことを甲斐に弁《わきま》えていてほしいのではないようで。

「……甲斐くんには、もっと私のこと、気にしてほしいです」

小さな声で当て所もないように呟《つぶや》く彼女は、到底普段のクールさから想像もできないほど、素直で、子どもっぽく見えた。

「――なんて、こんなことを言っても、仕方ないですよね」

少女の声は、きっと伝わらないからこその本音だろうか。

しかしながら、諸事情を抱えた少年には、ばっちりと伝わっており。

（ああ、くそ……）

止まった時間の中で、そんな彼女を可愛《かわい》いと思ってしまうのを止められない。

そして時間が動き出す。甲斐はずっとお預けされていた唐揚げを口に含んだ。

丁度その時、目の前を横切った一人の男子生徒に、思わず視線が引っ張られた。

見知らぬ男子だった。いや正確には、自分のクラスで見かけた覚えがなかった。

しゃれた黒縁眼鏡に、遠目でも際立つチェリーレッドの赤い髪、やや高校生離れした立派な長身は、甲斐よりも10㎝は高いだろう。

確か五組の丸栖《まるす》阿蓮《あれん》。サッカー部のエースで人気者、学年の有名人だ。

「く、黒乃さん。こんにちは。少し、いいかな」

何となく、甲斐は察した。今日の朝、黒乃に告白したのはコイツか。

リベンジに来たのだろうか。見れば昼休みの教室に残っていた生徒のほぼ全員が、突如展開された二人の行く末を興味津々に見つめていた。

甲斐も目が離せなかった。なぜだか、自分が告白するわけでもないのに緊張してしまう。

しかし無論、一番緊張しているのは当の本人だろう。丸栖はまさにスポーツマンな体格を強張《こわば》らせながら、言った。

「朝はすみませんでした。急に告白してしまって……。思えば黒乃さんは全然俺のことをまだ知らないだろうし、断るのも当然だと思う。反省しました。だから、その……改めて俺のことを知ってから、返事をしてもらいたくて」

「手短に」

「もう一度チャンス下さい！　何でもしますからお願いしますぅうう！」

全力で頭を下げる丸栖《まるす》。あまりにも潔いその姿勢に、クラスに驚嘆の声が上がる。応えてやれよと、黒乃《くろの》に対する野次《やじ》まで飛ぶ始末だ。

観客を味方につけた勢いのまま、丸栖は言った。

「ええと、じゃあ俺の長所を一つずつ言っていくから、それから改めて告白の返事を前向きに検討してくださいお願いします。——まず一つ、俺は顔がイイです」

（いや、それはまあ見りゃ分かるけど……）

それでも口に出したいのか、丸栖は白い歯を見せて涼しげに微笑《ほほえ》んでいる。

「そして二つ、部活はサッカー部だけど、基本的にスポーツ万能で何でもできるんだ。ほら、ちょっと腕の筋肉を見てくれ……この上腕二頭筋、結構鍛えてる自信作なんだけど」

（……ああ〰〰馬鹿馬鹿、それだけはやめとけ）

甲斐《かい》は隣の席で思わず顔を覆った。しかしもう遅かった。

「ど、どうかな？　何なら触ってみても——」

丸栖の声を断ち切るように、黒乃は自分の机の上に右肘を乗せて軽く腕を立てた。言わずと知れた腕相撲のセットアップ姿勢である。

それを前にした丸栖は何度か瞬《まばた》きしつつ、困ったように頬《ほお》をかいた。

「いや、流石《さすが》にそれは……女子を相手に怪我《けが》させたくないし」

「私に勝てたなら、付き合ってあげても構いません」

「——挑戦させていただきます」

ごくり、とギャラリーの誰かが唾を飲む音が、甲斐には聞こえた気がした。普通に考えて勝負にもならない。しかし、この場の誰もが思ったのだ。

あまりにも平然とした黒乃の横顔に——自分たちの常識が、彼女にだけは通用しないのではないかと。

一礼して腕をまくる丸栖。机の上で両者が手を組んだ、と同時。黒乃は言った。

「ただし、あなたが負けたら、二度と私に話しかけないで下さい」

「え」

「いきますよ」

合図と同時、丸栖はすぐに気を取り直したように、腕に力を込めた。さすがに全力ではなかったのだろうが——それも最初だけの話だ。

わずか数秒で丸栖は顔を真っ赤にして、上履きを何度も床に滑らせながら、まるで机にしがみつくようにじたばたし始めた。

誰がどう見てもなりふり構わぬ全力を出している。しかし黒乃は平然と、背筋を伸ばしたまま。それから、決着は一瞬だった。

本当に気軽に、赤子の手をひねるように、黒乃《くろの》は丸栖《まるす》の腕をぴたんと押し負かした。

教室が、呆気《あっけ》にとられたような静寂に包まれる。

丸栖が呆然《ぼうぜん》と、震える腕を押さえながら言った。

「あの、黒乃さん。やっぱ今の無しで……」

「ダメです」

「お、俺、実は筋肉よりも勉強の方が自信あって、この前の中間は学年四位だったんだけど」

「私は一位でした」

「……親が病院を経営してて、実家が金持ちです」

「そうですか。興味ありません。ところで、約束を守っていただいていいですか」

（うわあ……）

丸栖はまるで漂白剤につけ込まれたような、色のない顔で項垂《うなだ》れている。

同情を禁じ得ず、甲斐《かい》は思わず口を挟んでいた。

「……あの、黒乃さん。流石《さすが》に、二度と話しかけるなってのは残酷すぎると思うよ、俺は」

黒乃は驚いたように甲斐を見て、それから、さも不服そうに頷《うなず》いた。

「分かりました……甲斐くんが、そう言うなら」

後半の呟《つぶや》きは、ちょうど隣の甲斐にだけ聞こえるような声量だった。

「では、甲斐くんに免じて、先ほどの約束を無かった事にします」

「……あ、ありがとう、ございます」

「ですが告白の返事は変わらずノーです。何度出直してきても結果は未来永劫《みらいえいごう》――」

「だーっ!?　待て待て待って黒乃さん！　何言ってんの!?」

「え？　その、懲りずにまた声をかけられたら、非常に不愉快なので……」

「いや、そりゃそうかもしれないけど、この状況で追い打ちかけるとか鬼畜だよ」

「そ、そうなのですか……難しいです」

駄目だ。この女に男心の機微を伝えるのが難しすぎる。

甲斐は思わず頭を抱えて、そこでふと、丸栖と目が合った。

「……なあ、おしゃれな白髪の君」

「どうも、これ地毛だよ」

「そうか。ところで君は、黒乃さんと、仲がいいのか？」

「落ち着け。俺と黒乃さんは部活が同じだから、ちょっと世間話するだけだよ」

暗い瞳でじっと見下ろしてくる丸栖に、甲斐は誤魔化《ごまか》すように言った。

「……ちなみに何部？」

弓道部だよ、と甲斐は気軽に答えてしまった。

この時はまさかああなるとは、知らなかったから。

2 ――side 甲斐郎《かいろう》――

放課後、部活に出てきた甲斐は、思わず呟《つぶや》いていた。

「嘘《うそ》だろ……」

「一身上の都合によりサッカー部を辞めてきました。今日から入部します、二年五組の丸《まる》栖《す》阿《あ》蓮《れん》です！　趣味は筋トレと読書です！　よろしくお願いします！」

そこには、元気よく挨拶する赤髪眼鏡の長身がいた。

そして道場の外からサッカー部員たちのすすり泣く声が聞こえてくる。

「一緒に優勝目指すって言ったのは嘘だったのか！」「頼む！　何でもするから考え直してくれ！」「彼女が欲しいなら俺が女装してやるから！」

……あまりにも聞くに堪えない。甲斐はちらりと、横を見た。

黒乃《くろの》は、驚いたというより若干引いたように半眼になっていた。

「えーと、そういうわけで丸栖君は初心者なので、指導は……甲斐でいいか、お願いね」

三年の部長がそう言って、甲斐は丸栖の指導役に任命された。

そして練習が始まり、道場の隅で男二人が向かい合う。

「これからよろしく頼むぜ、甲斐君……早速だけど呼び捨てでいいか？」

「ああ、うん、何でもいいけど一つ聞かせてくれ。正気か？」

「正気じゃない、本気だ。俺は必ず黒乃さんを攻略すると決めた。そのために同じ部活という戦術的優位地点を確保したまでだぜ」

あれほどこっぴどくフラれてからまだロクに時間が経《た》っていないにもかかわらず、丸栖はけろっとした顔で言ってのけた。

「高校生活はあと一年と半年あるんだ。まだ諦めるのには早すぎるだろ。卒業してから後悔するより、今全力になった方が絶対いいに決まってるしな」

どこまでも前向きな、まるでスポーツ漫画の主人公みたいなやつだな。と甲斐は思った。

「ところでサッカー部に未練とかは」

「ぜんぜんない。過去のことはもう忘れた」

まだ道着は持っていない丸栖はジャージ姿のまま弓を持ち、興味深そうにしげしげと眺めていた。

甲斐は気を取り直し、とりあえず今日は弓を引く基本中の基本、すなわち射法八節を順番に教えて反復させるかと考え、そのように指導した。

「まず足踏みだな。前傾気味になって足の親指の付け根に重心をおいて、それから――」

「ふんふんなるほど。こんな感じか」

やはり運動センスは抜群なのか、丸栖は一を教えるだけで、すぐに様になっていく。これならすぐに的前に立てるようになるだろう。

甲斐が、大体そのようなニュアンスで褒め言葉を口にすると。

「なあ、甲斐。弓を引いてる時の黒乃さん、美しすぎじゃないか」

どうやら丸栖《まるす》は真面目に指導を聞いているようで、全力でよそ見していたらしい。

眼鏡越しの視線の先には、ポニーテールに黒髪をまとめて弓を引く黒乃《くろの》がいた。

「そうだな。じゃあ続きやるぞ。次は弓構えについてだけど――」

「おい待て何だその淡泊な反応は？　さてはお前、アミノ酸高分子化合物でできてるな」

「俺も人間だからな。タンパク質なのは当たり前だわ。……なあ丸栖。一つ聞いていいか？」

「なんだ？　俺のことなら身長181cm、体重76キロのうお座のB型、16歳。親の年収は三千万だぞ」

「マッチングアプリのプロフィールを聞いてんじゃないんだよ」

「甲斐《かい》。十八歳未満は利用禁止だぜ」

「知らんし使わんわ。……なんでお前、そんなに黒乃のこと好きなんだよ」

ぼそっと訊《たず》ねた甲斐に、丸栖は恥じる気配もなく告げた。

「単なる一目惚《ひとめぼ》れだよ。廊下とかですれ違ったり、見かけたりするたびに、キレイな子だなって思って、その内、付き合いたいなって思うようになった」

だから告白した、と当たり前に言ってのける。

「俺さ、すげえモテるんだよ。顔がいいし、背が高いし文武両道だし、親が金持ちだし。だから今まで、狙った女の子とは百パーセント付き合えた」

内容はともかく、驚くことに、丸栖の声に嫌味《いやみ》な調子はなかった。

こういう奴《やつ》って本当にいるんだなと、甲斐は呆《あき》れたように思った。

「だからさ、黒乃さんも最初はそんな感じで押せばイケるだろって思ってたんだけど……驚くほどあっさりフラれてさ、納得いかなくて、もっかいリベンジしたら」

あの様だよ、と丸栖は苦笑した。

「悔しかったし、辛《つら》かったよ。今まで俺を支えてた自信を全部打ち砕かれたんだ」

丸栖の声が重く沈む。しかし次の瞬間、一転して彼は微笑《ほほえ》んだ。

「でも思い返すと、なんか俺――あの一瞬、すげえ気持ちよかったんだ」

「？？　…………は？」

甲斐は、聞き間違いかと思った。

「女子にあっさりフラれたのも初めてだったし、あんな冷たい目で見られたのも……やべえ、すげえゾクゾクしてきた。これもう絶対運命だよな」

しかし、そうではなかった。

「というわけで俺は黒乃さんと是非とも付き合って、いや、最悪付き合えなくてもいいから常にあの冷たい目で見てほしい。お前はそう思わんか、甲斐？」

「思わんわ！」

甲斐は悟った。コイツ、変態だ。

……けれど。

（顔もスポーツも勉強も実家も、俺より、ずっと格上なんだよなコイツ……）

何より、黒乃《くろの》への気持ちをこんなにも堂々と告白できる姿が、眩《まぶ》しく思えた。

だからだろうか。ざらざらとした不愉快な手触りを、甲斐《かい》は心の中に感じた。

3 ──side 甲斐郎《ろう》──

その日の放課後は、色々あった。

部活が終わり帰ろうとしていた甲斐は、急に同級生の女子部員、甘風炉手々《あまふろてて》から弓の指導を請われて居残ることになった。

そしてなぜか自分も残ると言い出した黒乃と一緒に練習して、それからお礼と言って甘風炉がファミレスで夕飯を奢《おご》ってくれて、その間も色々あって──。

帰宅した甲斐が玄関のドアを後ろ手に閉じると、待ち構えていたような声がした。

「お帰りなさい、お兄様。……遅かったですね」

「ただいま。連絡しただろ。部活の同級生とファミレス寄ってたんだよ」

同居中の妹、という設定の外道極悪《そとみちこあ》である。

相変わらず、薄手のキャミソールとホットパンツという部屋着で、子犬のような髪型には寝ぐせの名残が残っていた。実に将来無望そうな妹だ。実妹じゃなくて本当に良かった。

靴を脱いだ甲斐が玄関を上がろうとすると、しかしなぜか外道は通せんぼするように、その小柄で塞いできた。

「おい、なんだよ」

無理にどかすのをためらう隙に、外道は拗《す》ねたように唇を尖《とが》らせた。

「で、お兄様。どうでしたか？　かわいい妹をそっちのけで、黒乃詩亜《あのおんな》とお食事してきたんですよね？　折角《せっかく》だから分けましょう一口どうぞはいあーんなんてしてきたんですよね？　かーっ！　そんないやらしい兄に跨《また》がせる敷居はウチにないんですけど」

「……そんなことしとらんわ。いいからどけ」

「ホントですか？」

「……してない」

「まあ映像はお兄様に仕込まれたカメラで中継してたので知ってますけど」

「ぐっ」

にやにやとした上目遣いの笑みに、甲斐は苦虫を噛《か》み潰《つぶ》した顔にさせられた。

出会って数秒で家族になってから一年ほど、こうしたやり取りにも慣れてきた。

悪の〈組織〉とか、そういうのを除けば、外道は本当に、生意気な妹のようだった。

「ところでお前は飯食ったか？」

「はい。カップ麺と、あと冷蔵庫のアイスはお兄様の分も食べておきました」

「おいこら」

ちなみに甲斐と外道の生活費は全て、〈組織〉とやらから口座振り込みで支給されていた。

「風呂入る」

そう言って、甲斐《かい》は脱衣所へ入り、手早く制服を脱いだ。

熱いシャワーを浴びてバスタブにつかり、今日の、いやさっきの帰り道のことを思い返す。

黒乃《くろの》と、ラインの連絡先を交換した。

どうして、いまさら。やはり、丸栖《まるす》のことが頭に引っかかっていたのか。目を閉じると、今日の昼休みや部活でのことが思い出された。

ひょっとして自分は、アイツに黒乃を渡したくないとでも思ってしまったのだろうか。

自覚した嫉妬の猛烈な恥ずかしさに、甲斐は湯船に顔面から突っ込んだ。

「――お話があります」

「なんだよ」

風呂上がり、冷蔵庫から牛乳を取り出すと、甲斐は外道《そとみち》から声をかけられた。

パックからコップへなみなみ注ぎ、ぐびぐびと喉を動かす。長めの風呂の後だからか、喉越しが大変に良い。

「お兄様、今晩ですが、ちょっと隣の彼女の寝込みを襲ってくれません？」

「ぶごぉっ⁉」

甲斐は冷たい牛乳を大きくむせて、噴き出した。

「うわ、汚いですよ」

「だってお前、いま、ね、寝込み、襲うって……黒乃のっ⁉」

「単なる言葉の綾《あや》です。ぷぷ、動揺しすぎですよ、お兄様、エッチですねえ」

ニマニマと笑って外道は言う。

その引っぱたきたくなる横面を前に耐え忍び、甲斐は続きを聞いた。

「〈組織〉から、彼女の睡眠中のデータが欲しいと言われましたので。お兄様、彼女の部屋に侵入して、こちらの小型マイクで、彼女の寝息などのデータを集めてきて下さい」

「…………冗談だろ？」

「マジです。そしてこれは合鍵です」

そういうわけで、深夜一時。

甲斐は緊張で震える手で、静かにマンション隣室の玄関を開けた。

慎重にドアを開け、暗闇の玄関に一歩を踏み出す。

自分の心臓の音が、かつてないほど大きく聞こえる。変な汗が、こめかみを流れ落ちた。

外道の話では、どうやらこの一年ほど、壁越しに隣の生活音を収集して解析していたらしい。それによると、この時間は高確率で黒乃は熟睡中だそうだ。

だから心配はない、はずがなかった。

（…………どう考えても、これ犯罪だろ!?）

しかし逆らえない。甲斐は弱みどころか、頭の中身まで弄《いじ》られているのだ。

見つかったら絶対にヤバい。女性の部屋に忍び込む時点でアウトなのに、相手はなんかスゴイ警察そのものみたいな相手だ。おまけに時間も止められる。

それに何より、黒乃《くろの》はこんなことをしている自分を見たら、どういう反応をするだろうか。

あの冷たい瞳に浮かぶのは、怒りか、嫌悪か、それとも失望だろうか。

想像するだけで、胃がきりきりと妙な音を立てて絞られた。

しかしそんな状態でも、足を動かせば体は前には進む。その先に未来があるかは保障されないが、甲斐《かい》は忍び足でそっと廊下を抜けた。

そして初めて見る黒乃の部屋は、予想した通りの殺風景だった。

女子の部屋、という風情は欠片《かけら》もない。ワンルームリビングには机が一つ、壁の隅にはカロリーメイトの段ボールと、プラスチックの衣装ケースが一つだけ。

そして床に直置《じかお》きされたマットレスの上で、黒乃はブランケットを被《かぶ》り、静かに寝息を立てていた。

カーテンの隙間からうっすらと差し込む月明りが、眠る彼女の顔を微《かす》かに照らしていた。

目を閉じた黒乃の顔は、まるで精緻な西洋人形のようにきれいだった。

甲斐は恐る恐る、渡された小さなマイクをそこに近づけて――瞬間。

マイクを持った指が、**無くなったように動かない。**

時間が、止まっていた。

そして舞い上がるブランケット。闇を走る赤い瞳の残光。少女の体が跳ね起きた。

と同時、鉄パイプで殴られたような衝撃が、甲斐の腕を撥《は》ね上げた。

「っ‼⁉」

一体何を、どうやって察知したのか。熟睡していた少女は一瞬で全身を瞬発させ、足刀で己に伸びていた手を蹴り飛ばし——そして甲斐の腹に、鋭い掌底が叩《たた》き込まれた。

時間が動き出すと同時に、腹筋をぶち抜いて浸透した衝撃が内臓を打ちのめす。膝をつく。一発でダウンした甲斐が、痛みをこらえて見上げた先。

黒乃は、目を閉じていた。

「……むにゃ、私は……さいきょう、むてき……無意識下でも、戦える、訓練受けて……むにゃ……すぴー」

そして、寝ていた。熟睡したまま攻撃してきたのだ。

だが何より甲斐を激しく動揺させたのは、彼女の格好だった。

「な、なんで、お前……寝る時、下着なんだよっ……」

黒乃は、黒いブラとショーツ以外、何も身につけていなかった。

豊満なバスト、うっすらと腹筋の割れたお腹《なか》、くびれた腰と白い腿《もも》が、かすかに窓から差し込む月光に照らされて、淡く光るような神秘をたたえていた。

甲斐は赤面して目を逸《そ》らした。だが当然、そんなことをしている場合ではない。

とにかく逃げなければと、足を動かそうとしたその時。

黒乃の瞼《まぶた》がうっすらと開く。

「……かい、くん？」

「――――」

終わった。その一語が白い意識の中を何度も反響して、甲斐《かい》の全身の血が凍る。

しかし。

「……どうして、わたしの、部屋に、甲斐くんが……むにゃ、いるわけ……」

黒乃《くろの》は緩慢に目をこすりながら、寝ぼけているらしき頭で、こう結論した。

「わかりました…………これは、夢ですね」

奇跡だ。甲斐は思った。

だから鬼籍に入る前に早く脱出しなければと、震える足に活を入れた瞬間。

「うおっ⁉」

恐ろしい力で胸倉をつかまれ、ぬいぐるみのように持ち上げられた。

至近距離に、黒乃の顔が迫る。長い睫毛《まつげ》、シミ一つない頬《ほお》、艶《つや》めく桜色の唇がこう言った。

「夢なら、なにしてもいいですよね……」

「なっ！　お、お前何言って――」

「暴れ……ないで下さい……甲斐くんが、私に……力で敵《かな》うわけないじゃないですか……」

そのまま、甲斐は強引にマットレスの上に押し倒された。

そして勢いのまま、黒乃は覆いかぶさるように抱き着いてくる。

シャンプーと混じったほのかに甘い女子の匂い、すべすべとした柔らかい感触が、甲斐の全身に押し付けられる。

どくんどくんと、少年の鼓動は破裂しそうなほどに高鳴った。

「えへへ……きょうは、甲斐くんと一緒に、お休みです……Zzz」

まるで抱き枕のように、ぎゅっとしがみついてくる黒乃。柔らかな感触に反してその膂《りょ》力《りょく》はすさまじいものだった。状況的には冬眠中のヒグマの下敷きになったに近い。

(じょ、冗談だろ……)

何とかしないと、このまま一夜を明かしてしまう。そうなったら色々終わりだ。

しかし、脱出しようと下手にもがけば本当に起こしてしまうかもしれない。

だから甲斐は、息をひそめてじっと耐える事にした。

そのうち力が緩めば、バレずに脱出できるかもしれない。

だから一時間か二時間か、とにかく耐えてチャンスを待つ。

「ふみゅ…………」

(いや無理だろこれっ!?)

目を閉じた黒乃がもぞもぞと動く度に、すべすべとした肌や柔らかい胸、太ももの感触が甲斐の体の上でなまめかしく主張した。本当にやめてほしい。

「かい、くん……すき、だい、しゅき……」

寝言ともに、顔に吐息がかかる。

その時。緊張と興奮入り混じる甲斐の胸中にぽつんと湧いたのは、ちくちくとした痛みにも似た疑問だった。

どうして、黒乃《くろの》はそんなに、自分なんかのことが好きなのだろう。

あの丸栖《まるす》は冷たくあしらったのに。どうしてそれよりも、明らかに男として魅力のない自分なんかのことを、好きだと言ってくるのか。

何より自分はどうして、そんなことがこれほどまでに気になるのか。

唐突に、甲斐《かい》は悟った。

(そうか。俺は……)

黒乃に冷たくされるのが、嫌われるのが、怖いんだ。

こんな美少女に好かれている。それ自体は喜ばしい。けれど。

理由の分からない好意は、ふとした時に理由も分からず入れ替わってしまうかもしれなくて、そう考えるのが怖い。

また初対面の時のように冷たくあしらわれたら、自分はきっと辛《つら》くなる。

それは、つまり。

(俺は、黒乃のことが……ああ、くそ)

意識しているのは間違いない。けれどそれ以上は考えたくなかった。

そうして、密着した黒乃の体温と息づかいを感じながら、どれぐらいが経《た》っただろう。

暗闇と薄い酸素、心地好い少女のぬくもりの中で、甲斐の意識はしだいに遠くなり――。

そして、眠りに落ちた少年は、不自然な夢を見た。

おぼろげな現実感。ここが夢だと一瞬でわかる世界の雰囲気。

一人の背の高い男が、甲斐《じぶん》ではない黒乃《じぶん》に言った。

『詩亜《しあ》、お前は人間ではない』

どういう、意味だろう。

『お前は、この世界の平和を守るためにつくられた、最強無敵の兵器だ』

どういう、事だろう。

『隙を作るな。——あらゆるものに心を許すな。人並みの幸福は、お前には許されない』

少女は、その言葉にただ従った。

そして、時を止めて、殴って、蹴って、あらゆる敵を倒してきた。

それだけの人生だった。

けれど、ある日。ふとしたきっかけで入学した高校で、一人の少年と出会って。

彼は、教えてくれた。

今までの時間のどこにもなかった感情を。

だから、大好きなのだ。

「遅かったですね、お兄様」

「……うるせえ」

早朝、フラフラと部屋に戻った甲斐《かい》の目元には、深いクマが刻まれていた。

朝方、黒乃《くろの》の力が緩んだ隙に、なんとか脱出したのだ。

深夜、途中で寝落ちしてしまったが、変な夢のせいかすぐに目覚められたのは僥倖《ぎょうこう》だった。

できたての寝ぐせを付けた外道《そとみち》が、瞳に邪推を浮かべて訊《たず》ねた。

「もしかして……本当に襲ったんです？」

「襲ってない」

それきり力尽きたように、甲斐はベッドに倒れ込んだ。

眠いはずだが、中途半端に覚醒した意識は中々落ちてくれない。

その代わりに、整理しきれない心の声が口からこぼれ落ちた。

「変な夢、見た。黒乃の、記憶みたいな……俺の、妄想。でも、なんかリアルで」

「お兄様、そのお話詳しく」

甲斐はほとんど寝ぼけたように、昨夜の記憶をそのまま答えた。

「ふむふむ成程。お兄様の見たそれ、本物の黒乃詩亜《しあ》の記憶かもしれませんよ」

外道は、講釈するように言った。

「手術により改造されたお兄様の前頭葉は、他者への共感性を通じて異能力者と自身の脳状態を同期し、その能力に適応できるようになっています。その副作用ですかね。至近距離で、相手が寝ていたのもあるかもしれませんが……意図せずに脳と脳、精神と精神が混線してしまったのでしょう。新発見です。お手柄かどうかは知りませんが〈組織〉に報告しておきますね」

「そうすか……」

甲斐としては、そんな説明などどうでもよかった。

とにかく、眠い。ようやくあまのじゃくな脳みそが睡魔になびいてきた。

「……今日はもう学校休むわ。眠いし」

「駄目ですよ、お兄様」

そうして、二度寝を決めようとした甲斐だったが。

「言ったじゃないですか、ターゲットとはできるだけ接触しろと。だから、休んじゃダメですよ」

4　―side 甲斐郎《ろう》―

私立浅木《あさぎ》学園。甲斐と黒乃の通う学校は特に特徴もない進学校で、強いて言えば、都内にしては敷地面積が広く、戦前から続く旧校舎がまだ現役で残っているぐらいだった。

「おはようございます、甲斐くん」

「……おはよう、黒乃さん」

朝の教室。重たい瞼《まぶた》を擦《こす》って、甲斐は問題の隣人に挨拶を返した。

どうやら、昨夜のことは本当に夢だと思ってくれたのか、彼女は何も憶《おぼ》えていないようだ。

（……助かった）

今日、甲斐《かい》は黒乃《くろの》と一緒に登校していない。流石《さすが》に家を出るのがギリギリになったためだ。

「甲斐くん、今日は遅かったですね。寝坊でも……あ、目の下のクマがすごいです。寝不足ですか？」

「うん。まあ、ちょっと夜更かししたから……」

お前の部屋に忍び込んだらベッドに引きずり込まれてさ、などと言えるわけがなかった。

ふと瞼《まぶた》の裏に、鮮烈に焼き付いた黒乃の下着姿が思い出された。

甲斐はできるだけ黒乃の顔を見ないように、自分の顔の熱を見られないように、目を逸《そ》らした。

――そして、時刻は昼休みの教室。

「詩亜《しあ》ちゃん、ロウ君。わたしと一緒に、喫茶店やらない？」

マンゴーを頭に乗っけた、ピンク髪のツインテール女子、甘風炉手々《あまふろてて》がそう言った。

昼休み、色々あって、甲斐と黒乃は隣の隣のさらにその隣のクラスからやって来た彼女と一緒に、席を共にしていたのだが。

「喫茶店て、弓道部のだよな？」

甲斐が確認すると、甘風炉は目を輝かせて頷《うなず》いた。

「うん、そうだよ！　今年はこの三人で運営担当やってみない？」

甲斐たちの所属する私立浅木《あさぎ》学園弓道部は毎年七月の文化祭に、部活単位で喫茶店を出店するのが伝統である。

店舗運営の責任者は毎年二年生が担当し、その担当者は部長副部長からの指名で決められることが多いが、面倒な仕事を強制的に担当させている側面が強いので、自ら希望すれば基本的には任せてもらえるらしい。

「あ！　ロウ君いまめんどくさそうって顔したでしょ」

甘風炉が心を読んできた。甲斐は苦笑した。

「ああ、まあ。去年の先輩たち見てるとな」

「たしかに大変みたいだけどー！　自分たちでメニュー決めたり、お店の制服デザインしたりできるんだよ！　みんなでやったらザ・青春って感じで絶対楽しいじゃん！　だから一緒にやろうよー！」

「そう言われてもなあ……」

さり気なく、甲斐は黒乃を見た。いつもの無表情から感情は読み取れない。

しかし、彼女は淡々とこう言った。

「……二人が乗り気なら、私は別に構いません」

意外だった。黒乃こそ、こういう誘いは一刀両断しそうだったのに。

　ともかく、それを聞いた甘風炉《あまふろ》が圧を感じる笑顔を向けてきた。

「ロウ君？」

「ああ、ええと、どうしようかな……」

　甲斐《かい》は頬《ほお》をかいて、間を稼ぎつつ考えた。

　正直めんどくさい。去年、同じように担当だった先輩部員がやたらと忙しくしていたのを見ている身からすれば、自分がその当事者になるのは気乗りしない。

　だがしかし、甘風炉が積極的に立ち回ってくれるなら、その手伝いぐらいはしてもいいかもしれない。強く断るのも、なんだか気が引けるし。

　甲斐はそうした学校行事に積極的なタイプではなかった。しかしかといって不参加やサボタージュを決め込むほどの不良でもなく、つまり誰かが引っ張ってくれるなら付いて行くぐらいはする、模範的大衆精神の持ち主であった。

　そこで、ガラガラと教室の扉が開いた。

　教室に入ってきたのは赤髪の長身眼鏡。あの、丸栖阿蓮《まるすあれん》だった。

「黒乃《くろの》さん、それと甲斐。こんにちは。同じ部活になったことだし良かったら一緒に昼飯でも――って、お前は」

「丸栖……なんであんたが来るのー？」

　椅子を片手に、もう片手に購買パンをたずさえやって来た丸栖は、しかし甘風炉と顔を合わせるなり、お互いに一睨《ひとにら》みして目を逸《そ》らした。

（知り合いだったのか……なんか、仲悪そうだな）

甲斐はそう思ったが、比較的どうでもよかったので突っ込まなかった。

さておき、丸栖は教室から持参した椅子を下ろして、購買パンの包みを開けた。

「甲斐と黒乃さんに、ちょっと話があってきたんだ」

「話？」

聞き返すと丸栖は白い歯を見せて笑いながら、こう言った。

「昨日入部してから色々と先輩たちから話聞いたんだけど、うちの部活って文化祭でいつも喫茶店やってんだろ？」

言葉の続きは聞くまでも無かったが。甲斐は一応、促した。

そして丸栖は、その場の誰もが予想した言葉を放った。

「俺と一緒に、喫茶店やらないか？」

第五章　青春クロノス

1　―side 甲斐郎《かいろう》―

その日の放課後の部活の終わり、甲斐はファミレスに入店していた。

もちろん一人で来たのではなく、誘われたからだ。

丸栖《まるす》と甘風炉《あまふろ》の二人から。喫茶店について話し合いをしようと。

帰りが遅れると外道《そとみち》に連絡してから、スマホはポケットで震えっぱなしだった。画面を見ると釘《くぎ》バットを持って血涙を流すウサギのスタンプが連打されている。

（どういう意味でどうして売ってんだよそのスタンプ）

「丸栖、何飲むんだっけ」

「ウーロン茶で頼む。悪いな、ありがと」

甲斐はドリンクバーのボタンを押して、注いだ四人分のドリンクをトレーに載せた。

その横を、空の食器を満載した配膳ロボットが通りかかる。そしてちょうど、スープバーをよそっていた丸栖とかちあった。続けて、かわいらしいＡＩ電子音声がこう言った。

『どけニャン。邪魔だニャン』

「……なあ甲斐、コイツ。接客態度悪すぎじゃないか？」

「なんでだろうな。客として判定されてないとか」

「くそ、電気代換算で時給百円ちょいの労働ロボ風情が、親が医者で金持ちの俺に生意気な……」

「嫌みったらしい～。だからフラれるんだよメガネ赤ゴリラ。ねーネコちゃん」

サラダバーからデザートを山盛りしたボウルを片手に、猫なで声を発した甘風炉がロボットのタッチパネル部分を撫《な》でた。

するとと有機ELディスプレイ上で片目を細めた猫の顔が、気持ちよさそうに鳴いた。

『うにゃ～』

「きゃあああかわいいいいっ!!　ね、ねえキミ、わたしの家なら時給三百円出すから、今日から働かないっっ!?」

「チキンラーメンに卵すら載せられないだろその時給。最低賃金って知ってるか?」

「まあお金はともかく、アットホームでやりがいのある職場だよ!」

『世知辛いニャン』

甘風炉と丸栖の間を器用に通り抜けて、ロボットは厨房《ちゅうぼう》へと去っていった。

甲斐たち三人がボックス席に戻ると、背筋を伸ばした黒乃《くろの》が待っていた。

「詩亜《しあ》ちゃんお待たせ。ごめんね、荷物番お願いしちゃって」

「別に構いません。こちらこそ、飲み物をどうも」

「あ、これ持ってきたよ。一緒に食べよ」

「……私は、サラダバーを頼んでいませんが」

「わたしが後から追加したから大丈夫。勿論《もちろん》その分は奢《おご》るからさ」

黒乃《くろの》の隣に甘風炉《あまふろ》が座る。その対面に、甲斐《かい》と丸栖《まるす》が座った。

「さて、じゃあ今年の喫茶店担当は俺たちということで、初回の打ち合わせを始めようぜ」

ウーロン茶を一口飲んで、丸栖が言った。

今日の昼休み、甘風炉、そして丸栖と連続して喫茶店の担当に誘われて。

結局、甲斐は半ば流されるように承諾したのだった。

そのまま黒乃も承諾し、部活の時に部長に話を通し、そして四人は正式に今年度の浅木《あさぎ》学園弓道部、喫茶店運営担当に任命された。

といわけで、こうして初回の担当者打ち合わせ会が開催されているわけだが。

「なんでオメーが仕切ってんのさ。はー……」

甘風炉がため息をつく。丸栖に対する口調はぞんざいだ。

「なあ、二人ってもしかして仲悪いのか？」

甲斐は訊《たず》ねた。先日入部してきた丸栖と、甘風炉はどうやら同じクラスだったらしく、昼休みに鉢合せた時から、何やらお互いに微妙な空気を醸し出していた。

「いや、悪いという程ではないんだが……なんとなく合わないというかだな」

「そうそう。別にケンカしてるわけじゃなくてね。同じクラスなんだけど、なんか初対面から、お互い『うわっ』って印象だったというか……」

二人は互いの顔を指さして、対角線上に声を重ねた。

「自分のことカワイイと思ってんのがなんかムカつくんだよな」

「自分のことカッコイイと思ってんのがなんかキモイんだよね」

「息ピッタリだな」

図らずもチームワークの確認が取れた、という事にしておいて、甲斐はカルピスソーダを一口飲んだ。

「じゃあ今日は、文化祭当日までの流れの確認と役割分担決めるか。あと先輩からもらってきた引継資料、コピーしてきたから配るぞ」

例年、文化祭に弓道部が出店する模擬喫茶店は、二年生主導で運営が行われる。

メニューは主にラーメンとパフェ、それと申し訳程度のコーヒーから構成される。喫茶店とは名ばかりの存在だが、例年全模擬店の中でも売り上げトップの繁盛店である。

ふと、黒乃がこう言った。

「思ったのですが、どうして喫茶店の看板メニューがラーメンとパフェなのでしょう」

「資料によると売上の少ないメニューを消してったら、最終的にその二つが残ったらしい。つまり歴戦の精鋭古参兵ってわけだな」

丸栖が手元の資料を読みながら、黒縁の眼鏡をくいっと持ち上げた。

「ともかく、まず今年の売り上げ目標だが、文化祭期間の四日で百万円を目指したいと思う」

「いや目標高すぎだろ？」

甲斐《かい》には飲食店の知識など何もないが、四日間で百万円は相当ハードルが高い気がした。

すると丸栖《まるす》は、これ見よがしにため息をついて。

「敗北主義者め。いいか、直近十年の最高売り上げは八十二万四千円。つまり百万円という数字は、各員が義務を尽くして奮励努力すれば決して目指せぬ目標ではないんだぜ」

「いや別にそこまで張り切らんでも」

言葉の端でZ信号を掲揚する丸栖は、どうやら相当張り切っているようだった。

別に付き合うのはやぶさかではないが、あまりガツガツとされるのも嫌だと、甲斐は思う。

「甲斐、ちょっと耳貸せ」

そんな甲斐に、丸栖は小声で耳打ちした。

「(この喫茶店売上の半分は、部員の打ち上げ費用に使えるらしい。俺はいなかったけど、去年の打ち上げはそこそこ派手にやったんだろ?)」

「(……確か、ちょっと高い焼肉屋だったような)」

「(そうか。だが俺が来たからにはそんな程度の小目標で妥協はしない。今年はもっと盛大に、全員で夏休みの海へ泊まりで旅行だ！　そのための目標金額百万円だぜ)」

「(いや、俺は焼肉でいいんだけど)」

「(愚か者が！　全員、つまり黒乃《くろの》さんと泊まりがけ旅行、それに海なら水着姿も見れる！　およそ考えつく限り、この世で最も価値ある旅行プランだぞ!?)」

「（お前の私情が理由かよ）」

どうやら丸栖の目に燃える青春の情熱は、純粋な下心を燃料にしているらしかった。

その対面では、甘風炉《あまふろ》が黒乃にこんなことを話しかけていた。

「ねえねえ詩亜《しあ》ちゃん！　当日はどういう格好しよっか？　せっかくならかわいいコスプレしたりとかして、有象無象の客どもからチヤホヤされたりしたくないっ⁉」

「興味ありません。やるなら一人で勝手にやって下さい。手々《てて》」

一方で甘風炉は、自分自身が楽しむ気満々の様子だった。二人ともベクトルは違うが、どちらにせよ相応にモチベーションは高いようだ。やはり、気が合うんじゃないだろうか。

甲斐としてはほどほどでいいじゃんと思いつつ、黒乃を見る。

彼女は無表情のまま、渡された資料を眺めていた。

（やっぱ、あんま楽しくはなさそうだな……）

そうこうするうちに、甲斐たちのテーブルに注文した料理が到着した。

『お待たせニャン。熱いニャン』

「ありがとー、ネコちゃん！　……ねえ丸栖。やっぱりこの子、当日導入とかできない？

実家が金持ちだけが取り柄でしょ？」

「悪いが無理だ。先月に親父《おやじ》のカードで、この推し配信者にスパチャ投げてたのがバレた」

「うわあヒドイ理由。ていうか、あの赤スパお前だったのかぁ……」

「？　なんか言ったか？」

「べ、別になんでもないよっ!!　えーい！」

おしぼりの空き袋を丸めて丸栖《まるす》に投げ付ける甘風炉《あまふろ》、そんな二人に黒乃《くろの》が言った。

「話を進めませんか」

「はいすみません黒乃さん！　おい甘風炉謝れ」

「うんごめんね、詩亜《しあ》ちゃん！　丸栖は死ね」

ともかく話し合いは始まり、まずは四人の役割分担を決めることになった。

丸栖は注文したミックスグリルセット（ライス大盛）を早々に食べ終えつつ、言った。

「よし、じゃあ各自、やりたい仕事に手を挙げてくれ。前日までの準備の仕事を二つ、当日の仕事を一つ、計三つを選んでくれればいい。人数偏ったら調整するから、まずは希望を述べてくれて構わないぜ。前日分担は会計、渉外、店舗内装、食材調達、広報の四つから。当日分担は接客、調理、雑用の三つだ。というわけで、俺は前日分担から会計と渉外、料理できないし接客は柄じゃないから、当日は雑用でいかせてもらうぜ」

甲斐《かい》は少し考えて、期間限定の夏野菜カツカレーを食べながら言った。

「じゃあ俺は食材調達と会計で、当日は調理やるわ」

比較的楽そうだと思った二つと、自炊してるからという理由で調理担当を選んだ。

そして甘風炉は期間限定の夏マンゴーパフェと定番メニューのティラミス、それとサラダバーを交互に食べながら。

「はいはい、お店の内装と広報、あと当日は接客で看板娘やりまーす！　なぜならわたしはかわいいから！」

「ずいぶん厚かましい看板だなオイ。でも採用。えーと、それで黒乃さんはどうする？」

黒乃は、前と同じように焼き立ての野菜ドリアを淡々と口に運びながら言った。

「前日分担は、店舗内装と食材調達を希望します。当日は調理を」

そこで甘風炉が疑問を挟んだ。

「詩亜ちゃん、料理できるの？」

「……いえ。ですが、練習すれば」

「ならわたしと一緒に接客やろ！　詩亜ちゃんすごくきれいだし、わたしはかわいいから、二人そろえば売り上げアップも間違いなし！」

「ああ、まあ俺としても同じ理由で、黒乃さんにはホールで接客してもらいたいかな。それにさ、正直現状だとウエイターの人数が全然足りないんだよね」

「ですが……」

（……俺と一緒に、仕事したいからか）

自惚《うぬぼ》れみたいだが、恐らく事実だ。しかし立ちはだかる人手不足と適材適所という論理に、黒乃と言えど抗しがたかったのか、彼女は渋々ウエイトレスを引き受けた。

そこでふと、甲斐は思った。

（けど黒乃、接客もできんのかな……）

「甲斐くん？　あの、何か」

そしてつい、本人を見つめてしまっていた。

「ああ、ごめん。黒乃《くろの》さん、その、接客とかも苦手そうだなって思って」

さらについ、口に出してしまっていた。

すると、隣の丸栖《まるす》に小突かれた。

「(甲斐《かい》の馬鹿！　分かるけど、分かるけども！)」

「(すまん、つ、つい本音が)」

しかし負けず嫌いの黒乃にできないというニュアンスは禁句だったのか、彼女はむっとした雰囲気を漂わせた。

「できます。客の注文を受けて、料理を持って行くだけの作業ですよね。ここの生命と人権なき配膳ロボットでもできることです」

作業、と表現するあたりに不安を感じたが、甲斐はそれ以上追及しなかった。

「じゃあ、今日はここまで決めればいいか。具体的な仕事内容はさっき配った資料に書いてあるから各自確認して、何かあれば俺に聞いてくれ。そうだ、グループ作っとくか」

そう言って、丸栖はライングループを作った。グループアイコンはなぜか。

「丸栖、なんでお前の自撮りなんだよ」

「え？　ダメなのか？」

「ダメに決まってんでしょー、かわいくないし。わたしの写真に変えとくね」

「いえ、それもやめて下さい」

そんな少々のすったもんだを経て、グループの写真は喫茶店らしくコーヒーカップの写真に落ち着いた。

「まあ、実態はほとんどラーメン屋みたいなもんだけどな」

「パフェは種類出してるけど、コーヒーはアイスコーヒー一つしかないもんねー」

パフェスプーンを咥《くわ》えた甘風炉《あまふろ》に相槌《あいづち》を打ちながら、甲斐は思った。

最初は面倒だったが、こうして具体的に話し合ってみると、思ったより楽しそうだ。

そう言えば忘れかけていたが、自分だってアホ親の借金のせいで妙な手術をされなければ、ごく普通の高校生なのだ。高校生らしく楽しんでいけない道理はないだろう。

その時、時間が止まった。

そして席を立った黒乃は、雑に丸栖をどかして、空いた甲斐の隣にちょこんと座ってきた。

ぴとり、と感覚はないまま、少女の体が寄り添うように密着してくる。

(忘れてた……)

自分が、普通の高校生ではない理由を。

「ふふ、甲斐くん。こうしてると……あ、あの、その、こ、恋人、みたいですね」

それから黒乃は、テーブル横で時の止まった配膳ネコロボを一瞥《いちべつ》すると。

「にゃ、にゃあ……なんて」

猫なで声ですりすりと、普段からは想像もつかない甘えるような微笑を浮かべて、甲斐の体に身を寄せてきた。

その姿は本当に、男なら誰でも恋人にしたいほどに愛らしかった。

(不意打ちで、許可とってこないこと以外は、まあ、嬉《うれ》しいんだけど……)

それが甲斐にとっては一番の問題だった。

何の脈絡もなく、不意にドキドキさせられると、心臓に悪い。

それから数分、すり寄ったり、甲斐《かい》の頬《ほお》をつついたりしながら、黒乃《くろの》はぽつりと言った。

「……ほんとは一緒に、甲斐くんとお仕事したかったですけど」

文化祭当日の仕事分担についてだろう。少女は拗《す》ねたように口先を尖《とが》らせる。

「でも料理を持って行くときに会えますから……少しぐらい離ればなれでも平気です」

そんな黒乃の言葉は、もし時間が止まっていなければ、きっと甲斐の顔を真っ赤にしていただろう。

それからまたしばらくして——時間が再開された。

「じゃあ今日はこれで解散にするか。奢《おご》るぜ、俺。金持ちだから」

伝票を片手に丸栖《まるす》が言って、席を立つ。

テーブル席を通りすがった配膳ロボが、すれ違いざまに言った。

『青春ニャン』

2 ——side 甲斐郎《ろう》——

翌日の昼休み。教室で弁当を広げようとしていた甲斐はスマホのメッセージに気付いた。

家にいる外道《そとみち》から、どうせ夕飯のリクエスト、それも季節のテリーヌにしろだとか黒毛和牛のステーキが食いたいだの、こちらの反応を楽しむためだけの無理難題。だと思ったが違った。送り主は——丸栖からだった。

『今日の昼休み、一緒に学食で食わないか？』


「では第一回、黒乃さん攻略会議を始めるぞ」

「……なんて？」

やって来た甲斐に向けて開口一番、丸栖はそう言った。

本棟横に併設された学食堂は、大勢の生徒たちで賑《にぎ》わっていた。甲斐は弁当派なためほとんど利用しないが、値段の割に量が多く、運動部の生徒を中心に人気が高い。なにも買わずに席だけ着座し、甲斐は弁当の横に購入したデザートのプリンを置いた。

利用することもできるが、あまり褒められたことではない。

さておき、先方の意味不明な言葉を問いただす。

「黒乃さん攻略会議ってなんだよ」

「その名の通りだぜ。この俺、丸栖阿蓮《あれん》が黒乃さんと恋人関係になることを最終目標に、現状の課題を洗い出し、優先順位をつけ、対処方法を話し合う場だ」

丸栖《まるす》は唐揚げ定食（480円）の味噌汁《みそしる》を一口、その後一息でつらつらと述べた。

耳に入ってきた戯言《たわごと》を、甲斐《かい》は頭の中で常識に翻訳した。

「えと、恋愛相談したいのか？」

「俗に言うなら、そうだ」

丸栖は少しだけ気まずそうに言った。普段は自信満々の態度の割に、恥じらう顔は年相応の少年らしい。別にかわいくはなかった。

「それは分かったけど、そんなこと俺に相談されても困るぞ。見ての通りヘンな髪の毛以外は特徴のない……言いたかないけど彼女いないない歴＝年齢だし」

「確かに、お前モテる感じしないもんな」

恐らくは無自覚に失礼な前置きをして、丸栖は言った。

「だが黒乃《くろの》さんに関しては別だ」

甲斐はぎくりとした。

「弓道部に入って、昼休みにお前の教室に通うこと一週間。俺は気付いた。

甲斐、お前絶対、黒乃さんと仲良いだろ」

「……まあ、話はする方だよ」

「話はする、ね。黒乃さんと普通にお喋《しゃべ》りできる男子なんて、俺の見た限りこの学校で、お前一人しかいないんだがなぁ」

歯ぎしりとともに、心底悔しそうな目が甲斐を睨《にら》んだ。

思わずたじろいだ。やばい殴りかかってこられたら絶対勝てない。

「けどそれはそれとして、黒乃さんに塩対応されると興奮するんだけどな！」

甲斐は逃げ出したくなった。やばいなんかもう色々手遅れだ。

「というわけで頼む。どうやったら黒乃さんとそこまで仲良くなれるか、教えてくれ」

そう言って、丸栖は赤い頭を下げた。

どうしたものかと、甲斐は悩んだ。彼のことを応援してやりたい気持ちはある。

けれど、同時にどうしようもなく、丸栖と黒乃が近づくことに、ざらざらとした不安な気持ちが胸を満たす。

甲斐は迷ったが、素直に黒乃と話すようになった経緯を明かすことにした。入部した時、弓を教えたのがきっかけでそれから話すようになったと。

丸栖はその話を、真剣に頷《うなず》きながら聞き終えて、言った。

「ふむ……となると、俺がお前と同じことをするのは無理そうだな」

「まあ、そうだな」

甲斐は同意した。思い返せば、自分が黒乃とここまでの関係を築けたのは、タイミングとかいろいろ運が良かったからだろう。再現性はなく、丸栖の参考になるとも思えない。

ふと卑怯《ひきょう》な安心感を抱く自分に、甲斐は嫌気が差した。

「けど、突破口は見えたぜ」

「へ？」

「どうした甲斐《かい》、ハトが重機関銃食らったような顔して」

「顔が残らないだろその喩え。……いや、じゃなくて、一体どうすんのかって思っただけで」

「簡単だ。突破口とはすなわちお前だ」

丸栖《まるす》は甲斐の顔をびしりと指さした。

「俺はまず、お前と仲良くなって大親友になる。お前の家に遊びに行って、ポテチ食った手でスイッチ遊んでも怒られないぐらい仲良くなる」

「お、おう……」

「そしてお前の友人という立場を足掛かりに、俺は徐々に黒乃《くろの》さんに近づいていく……というプランなんだが」

清々《すがすが》しいほど打算的な友情だった。

「なあ、それを聞いた俺が、じゃあお前と友達になろうって思うか？」

「何言ってんだ？　もう友達だろ？　俺たち」

白い歯を見せた笑顔に、甲斐は肩を叩《たた》かれた。百点満点の笑顔だった。そのまま「だから金貸してくれよ」と続いても全く違和感がない。

しかしそこで、丸栖は一転、真剣なまなざしで甲斐を見つめた。

「なあ、甲斐。一つだけ確認していいか。——お前は、黒乃さんのことが好きなのか」

問いかけに、甲斐は不意に胸倉を掴《つか》まれたような気がした。

「もしそうだったら正直に言ってくれ。安心しろ、他の誰にも言わねえよ。……お前も黒乃さんのことが好きなんだったら、横からしゃしゃり出てきて、強引にダシに使ったりするのは、なんというか嫌な奴《やつ》だろ、俺」

甲斐は驚いた。丸栖が見せた正々堂々に、意表を突かれたのだ。

「ま、大体そういう嫌な奴って、最初は上手《うま》くいってても最終的には失敗しちまうだろ。そういう運命的な可能性も排除しときたいからな」

……若干訂正する。頭から尻尾まで、丸栖は謎の打算に溢《あふ》れていた。

ともかく、甲斐が真っ先に思い返したのは、あの引っ越しの日だった。

『――好きです、甲斐くん』

存在しない時間に、確かにあった光景が、瞼《まぶた》の裏に蘇《よみがえ》る。

――あんな告白されて、好きにならない方がおかしいだろ。

甲斐はそうした全部を、胸の奥に押しつぶしながら答えた。

「安心しろ。違うよ。俺は黒乃さんのこと、別に好きじゃない」

「そっか」

と、丸栖は苦笑した。

「よし、じゃあ第一段階クリアということでこれから存分にダシにさせてもらうぜ！」

「ああ、まあ勝手にしてくれ」

「不満そうだな。安心しろ、友達料金ぐらいは払ってやるから」

と言って、丸栖《まるす》は黒革の財布を取り出した。

「おい、やめてくれ。こんなことで金なんて渡されても困る」

「なに。非課税の……黙っとけば非課税の現金のありがたみを知らねえ奴《やつ》だな」

「声を出したら課税対象になる額なら猶更《なおさら》いらんわ！」

甲斐《かい》は拒絶した。金というものを受け取ってしまったが最後、言葉よりも重いもので縛られそうな感じがしたからだ。

すると丸栖は、まるでそれが目的だったとばかりに舌打ちして。

「じゃあ仕方ねえ、ちょっとスマホ貸してくれ、甲斐」

「なにするつもりだ」

警戒しながら訊《たず》ね返すと、丸栖はにやりと笑ってこう言った。

「俺のおすすめアダルト動画を教えてやる。男同士の友情の証《あかし》だ」

「あってたまるかそんな文化。というかR18《年齢制限》って知ってるか？」

丸栖は甲斐を無視して、さっとその手からスマホを奪った。

「細かいことは気にするなよ。で、最近の俺の最推しはこの時間停止モノなんだが――」

「やっぱお前最低だな。興味無いしいらんから、さっさとスマホ返せ」

昼休みも後半の食堂には、まばらではあるがまだまだ生徒が多い。聞こえてはいないだろうが、こんなところでそんなことをしないでほしかった。

体格差に苦戦すること十数秒、甲斐がどうにかスマホを奪い返したその瞬間。

――時間が止まった。

もちろん、比喩ではない。

ゆえに、お邪魔します、と姿を現したのは言うまでもない。

「こんなところにいたんですね。教室にいないから探しましたよ。甲斐くん。

……えと、あなたがどこにいるのか考えていたら、会いたくなったので、来ました」

すると黒乃《くろの》は、時間の止まった丸栖を一瞥《いちべつ》し。

「邪魔」

サッカーボールのように蹴ってどかして、空けたスペースに腰を下ろした。

そして甲斐の顔を眺めながら、至近距離で昼食らしきカロリーメイトを頬張《ほおば》り始めた。

「……（もぐもぐ）」

（顔が近い近い……というか、今はマズいから早く帰れ）

甲斐は心から祈った。しかし、時の無い世界には、神も不在なようで。

「？　甲斐くん、スマホで何を見てたのでしょうか（ちらり）」

甲斐はもちろん、全力でスマホを隠そうとした。しかし、動けなければ意味はなく。

「…………――――」

一瞬、目を丸くして凍り付いた黒乃は一転、まるで火がついたように、雪のように白い頬がみるみると紅潮していき――何かの限界を迎えたように呟《つぶや》いた。

「……えっちです」

消え入りそうな声だけを残して、逃げるように去っていった。

程なく、時間は動き出す。

「ん……？　なんで俺、床に寝てんだ」

丸栖《まるす》が、首を傾《かし》げて起きあがる。甲斐《かい》は投げやりにこう言った。

「なあ丸栖」

「ん？」

「やっぱ絶交してくれ」

3　―side 黒乃詩亜《くろのしあ》―

昼休みも、半ばを過ぎていた。

黒乃は一人、立ち入り禁止の屋上で分厚い鉄扉を背に、赤い顔で青い空を仰いでいた。

動揺の理由は、先ほど覗《のぞ》き見た甲斐のスマホ画面に表示されていた、彼女にとっては非常に刺激の強いアダルトコンテンツだった。

「い、いやらしいです。いやらしい甲斐くんなんて……嫌い、じゃありませんけど。だ、大好きから……普通に好き、いや、や、やっぱり、大好きに格下げしそうです」

しかし、そもそも勝手にプライバシーを覗き見たのは黒乃の方で、いやそれにしてもあんなものが合法的に販売されているなんてどういうことでしょうこの国の男性の風紀は完全にどうかしていますと、のぼせた思考が混迷を極めたその果てに。

「そういえば、時間停止モノ……ってなんだったのでしょう」

よもや己の能力の実在が世間一般にバレているのではないと思うが。疑問に思った指先は何気なく、スマホの検索エンジンをタップしていた。

その結果。黒乃は生まれて初めて、自分自身の時間が止まるのを体験した。

(……なに、これ?)

かつてなく大きく見開かれた少女の無垢《むく》な瞳に、無慈悲な検索結果が映し出される。

そこには、ストップウォッチ、腕時計、砂時計、果ては超能力まで、ありとあらゆるツールを駆使して時間を止めた世界で、Rで18なファンタジーを繰り広げる、熱い男たちの欲望の展覧会があった。

(わ、わたしの能力が、こ、こんなエッチなことにっ……〜〜〜っ!!　と、というか、世の一般人男性どもは、私の能力にこんな卑猥《ひわい》なイメージを抱いているのですかっっ⁉)

言いようのない衝撃と羞恥心に、少女はどうしようもなく打ちのめされた。

お察しの通り。黒乃詩亜、16歳。

最近まで恋すらロクに知らなかった彼女は、ピュアピュアであった。

不意に、黒乃の握っていたスマホが着信に震えた。

国際警察機構・秘密天秤部《シークレットトリブラ》。担当オペレーターからの連絡だった。

『お疲れ様です、エージェント・クロノシアア。学業中に申し訳ありませんが、緊急任務です。都内に国際手配の能力者を擁する犯罪グループが確認されました。至急逮捕に――』

「……分かりました。行きます。場所を」

『あの、エージェント・クロノシア、さん』

「なんですか」

『ひょっとして、なにか機嫌が悪かったりしますか？』

「別に私の機嫌はいたって普通です。あなたが無駄話を始めなければ」

『し、失礼しました。……で、では今回のターゲットですが、どうやら非常に強力な能力者です。くれぐれも油断せず対処に当たってください。敵の能力の詳細ですが、空間を――』

最後まで聞かずに、黒乃《くろの》は通話を切った。

それから送られた位置情報を確認して、**時間を停止させる。**

「……いい、タイミングですね」

これから出会う敵にとっては、最悪と言えるかもしれない。

黒乃はいま、無性に八つ当たりしたい気分だった。


そして、都内某所。

オペレーターの連絡からほとんど間を置かず、黒乃は雑居オフィス三階の窓をつき破り、舞い散るガラス片のシャワーとともにエントリーした。

室内には、銃で武装した男たちが数名。その中にターゲットの能力者、グレースーツの男がいるのを確認して、黒乃はごきりと拳を鳴らす。

グレースーツの男は、突然の侵入者の正体を察したように不敵に笑んだ。

「黒髪の女子高生……そうか。貴様が国際警察機構、最強の異能エージェントだな！聞いていているぞ。随分と卑怯《ひきょう》な能力を使うらしいが、俺の能力は空間を——」

「おい」

絶対零度の闘気が、続くはずの言葉を強引に差し止めた。

「——いま、誰の能力が、卑猥《ひわい》でわいせつでR18用途だと言いましたか？」

「え、いや、別にそんなこと言っててな」

問答無用に時間が止まる。そしてつかつかと、静かなる世界に冷酷な靴音を奏でながら、黒乃は標的とその取り巻きたちへ歩み寄った。

「——ふっ!!」

そしてためらいなく、彼らの急所を思い切り蹴り上げた。

二度、三度と。その場に居並ぶ全員の下半身へ、まるで、まるで、そこに住まう諸悪の根源を断罪するかのように、情け容赦のない破滅を叩《たた》き込んでいく。

補足。黒乃が時間停止中に他の物体に接触した場合、作用を与えるか与えないか、与える場合、停止中に与えるか、あるいは停止後に一気に爆発させるか等は、彼女が自由に決められる。

今回の場合、黒乃が選んだのは爆発だった。

「「「──グワあああああアアアっっッッ⁉⁉‼‼」」」

よって解除と同時に、しこたま撃ち込まれた運動量が男たちの下半身で炸裂《さくれつ》した。

骨折と内臓破裂は同時かつ一瞬のうち。一斉発射のロケットの如《ごと》く天井まで打ち上げられた男たちは、石膏《せっこう》板をたやすくぶち抜き、金属軽天材に深々とめりこんで意識を失った。

「もしもし、私です。終わりました」

『……あ、はい。では後処理の手配をします。お疲れさまでした』

その時、天井にめり込んでいた能力者の男が意識を取り戻したのか。

身じろぎし、めり込んでいた体を床へと落下させながら、黒乃《くろの》へ血まみれの手を向ける。

そして放たれた能力の力場が、黒髪の少女を包み込み──。

数分後。黒乃は、ビルの裏手でへたり込んでいた。

負傷とかでは、全然ない。

ただ、任務中に集中力を欠いてしまった自分自身が、不甲斐《ふがい》なかった。

そのせいで、身の程知らずの雑魚の反撃を許してしまったからだ。

直撃よりも前に時間を止めて回避し、今度は化石のように床下深くにめり込ませてやったが、あんな雑魚相手に二度手間とは。

「はあ……我ながら情けないです」

深いため息が口をつく。それもこれも。

「う〰〰！　か、甲斐《かい》くんが、あ、あんなエッチなもの見てるからです……！」

本当にどうして、こんなことに悩むのだろう。

「……いけませんね」

黒乃は胸に手を当て、息を整えた。

分かっている。自分は最強無敵のエージェントだ。

だから、心に隙を作ってはいけない。……たとえ恋をしても、あくまで心に隙を作らない程度にしなければならない。

しかし、さすがに最近、気が抜けすぎだと自分でも思う。

(少し、気を引き締めましょう)

そう決意して、黒乃は時間を止めて学校へ戻った。

4　―side 黒乃詩亜《しあ》―

五限目の授業は、世界史だった。

昼休み直後の教室には、どこか倦怠感《けんたいかん》が漂っている。

「はいはいお前ら寝るなよー。文化祭近いからって授業中に気を抜いていいわけじゃないぞ」

「……」

教師の声を聞き流しながら、黒乃は物憂げな視線を滑らせた。

決意も束《つか》の間《ま》、隣の甲斐《かい》をちらちらと意識してしまう。

それも、いつもより気まずい感じで。

(もうやめましょう……そもそも、私が勝手にプライバシーを覗《のぞ》き見したせいですし)

黒乃《くろの》はため息一つ、授業の方に意識を合わせることにした。

「そして祭りと言えば、古代文化圏でのお祭りは現代よりも遥《はる》かに重要なものだった。有名なのが先週やった紀元前ペルシア戦争だな。というわけで教科書54ページだ」

黒乃は開きっぱなしの教科書に視線を下げた。

「おさらいだ。紀元前のペルシア戦争はアケメネス朝ペルシアとギリシア諸国家の間で第四次まで行われた。この戦争はギリシア側の勝利で終わり、アテネ民主制の成立につながったと。特に有名なのは第三次ペルシア戦争で、ペルシア側二十万の軍勢を三百人のスパルタ兵が迎撃した、映画にもなってるテルモピュライの戦いだな。

この時、スパルタはなぜ大軍相手に三百人で挑んだのかというと、当時のギリシアでは丁度、今のオリンピックの原型であるオリンピア祭の時期で、兵士となるような男性はそっちに参加していたんだな。つまり古代ギリシアの人々にとっては戦争よりもお祭りの方が重要だった訳だ。期末テストに向けての勉強そっちのけで、文化祭に夢中になっている君たちと同じだな。はは。……冗談のつもりだったけど笑えんか。すまん」

紀元前の戦争。黒乃は素朴にこう思った。

(……私なら、一人で勝てますけど)

もし当時に自分がいたなら、きっと歴史は変わっていただろうと。

（敵兵二十万人なら、そうですね……地形を見るに海が近いので、少々面倒ですが時間を止めて一人一人投げ捨てていけばいいでしょう。まあ全滅させなくとも、司令官をボコボコにすればいい話だとは思いますが）

そのまま黒乃は、意識を紀元前の戦争（妄想）へ飛ばした。

――赤土を巻いた潮風が、長い黒髪を撫《な》でていく。

味方はいない。敵は、眼前から地平の先まで広がる二十万。

隘路《あいろ》にびっしりと並んだ万の軍が、引き絞る弓の音は大地の唸《うな》りにも似ていた。

黒い矢が驟雨《しゅうう》のごとく、たった一人に向けて降り注ぐ。

だがしかし、不敵に微笑《ほほえ》んだ右目が赤く染まり、**時間が停止した。**

黒乃は駆ける。空中に静止した矢を足場に。万軍の頭上を軽やかに。

そしてペルシア象の上の黄金の玉座に腰かけたクセルクセスに飛び蹴りを叩《たた》き込み――。

……それから紆余曲折《うよきょくせつ》、捕虜となっていた甲斐を助けた黒乃はスパルタに凱旋《がいせん》し、万雷の拍手と舞い散る薔薇《ばら》の中で結婚式を挙げていた。

（あぁ〜〜〜……たまりませんね。敵軍の捕虜になっていた甲斐くんをカッコよく助け出して、終戦後に祖国まで送る道中で絆《きずな》を深めてそれでそれで……えへへへ）

「じゃあこの問題を、黒乃」

「――チッ！　邪魔を！」

問題など、まったくぜんぜん、黒乃《くろの》は一語たりとも聞いてなかった。

ゆえに時間停止して、教師の手元のテキストを盗み見て――時間停止解除。

「はい。ペリクレスは横領した金でパルテノン神殿を建てました」

「お、正解だ。よく聞いてたな」

教師の声を再度無視して、黒乃はちらりと横を見た。

そこには、頬杖《ほおづえ》をついてノートを取る、現実の甲斐《かい》がいた。先ほどまでの、都合のいい妄想《ファンタジー》との落差が、黒乃の胸をきゅっと締め付けた。

だがそれよりも、反省すべきは。

(わ、私としたことがまた上の空でした……)

でもしかしだって、どうしたって気になるのだ。

このままではいけない。黒乃はそう思った。悩みを抱え続けるのはストレスだし、なにより非効率的だ。

ならばもういっそ、止まっていない時間に、自分から告白するべきだろうか。

(それは……やっぱり、無理です。恥ずかしいし、断られたら、こわいから)

けれど、それでもいつかはこの恋に決着をつけないと。

この胸のモヤモヤは永遠に片付かないのだと、分かっている。

5 ――side 甲斐郎《ろう》――

『お待たせニャン。今日もごゆっくりどうぞだニャン』

放課後のファミレスに、今日も四人は集まっていた。

各自の進捗報告と共有、という名目の雑談だ。ここ最近の部活終わりはほぼこんな感じだ。

（もうすっかり常連になったよな）

文化祭が終わっても、同じように集まったりするのだろうか。

そうならない可能性も十分ある。丸栖《まるす》の黒乃に対する熱も、甘風炉《あまふろ》のはしゃぎようも、そして黒乃の……甲斐への気持ちだって、そのうち冷めるかもしれないから。

けれど心のどこかで、そうではなかったらいいなと思いながら、甲斐はサルサソースの添えられたタンドリーチキンセットを食べていた。

「ねえ詩亜《しあ》ちゃん〰〰、どうしよう。めっちゃ当たるとかってバズってる動物性格診断がね、わたしのこと、モンゴリアンデスワームとか言ってくるんだけど！」

「意味はよく分かりませんが、事実そうだからなのでは」

「百歩譲ってそうだとしてデスワームって何⁉　動物じゃないじゃん、虫じゃん！」

「虫は無脊椎動物に分類されます」

「へー、そうなんだ……あれ？　わたし、もしかして脊椎動物の資格なし？」

甘風炉は今日も今日とてデザートとサラダ。脊椎の保有資格はともかく、彼女の体にタンパク質は含まれていないようだった。

黒乃《くろの》はミートドリアだった。ドリアが好きなのか一度聞いたが、一皿で完結しパスタのようにソースが跳ねにくいので気に入っているらしい。

「ところで来週の日曜日なんだが、全員予定空いてるか？」

今日も早々に、ハンバーグセットを食べ終わった丸栖《まるす》が言った。

「空いてるけど、なんかやるのか」

甲斐《かい》が聞き返すと、続けて甘風炉《あまふろ》が言った。

「あ、詩亜《しあ》ちゃん気を付けて。コイツ迂闊《うかつ》に予定ないって言ったらデート誘ってくるから、なくてもあるって答えるのが正解だよ！」

「デートの前置き違うわっ！　れっきとした喫茶店準備の話だよ。……ところで黒乃さん、これは前置きなんだけど土曜日は空いてる？」

「空いていますが、あなたのために使いたくありません」

「ありがとうございますっ！　今日も断ってくれて興奮しました！」

「うわあ……」

さておき。

部員全員を集めて行う店舗のプレオープンは本番の前日だが、その前に担当者の四人だけで、実際に店で出すメニューの試作会をしようという丸栖の提案である。

「やっぱり実際作ってみないと予測できないこともあるだろうからな。先輩たちもやってたって言うし、ここは先例に倣っとくべきだぜ」

「そういうことならさんせーい。みんなでやるの楽しそうだし！　場所は学校？」

「ああ。調理室の使用許可はもう取ってあるぜ」

「うわあ、地味に有能でムカつく」

「はいはいそうですか。甲斐、当日の調理はお前に任せるぜ」


自宅マンションで、甲斐は外道《そとみち》に今日のことを報告していた。

「はいはいそーですか、お兄様の交友関係が順調そうでとっても嬉《うれ》しいです」

外道はまったく嬉しくなさそうな顔で、ソファでスマホを弄《いじ》っている。

風呂上がりの髪はしっとりと濡《ぬ》れていて、華奢《きゃしゃ》な体にはいつものようなキャミソールと、やたらと短いルームパンツがぴったりと張り付いていた。

いくら季節が夏とはいえ、そんな格好でアイスをかじっているものだから。

「お前、風邪ひくぞ」

「大丈夫ですよ、今ソシャゲのガチャ回してるので」

「……その心は？」

「どちらも当たりはひけません」

スマホを投げ出し、ぐてーっとソファにのびる姿は、警戒心を失った飼い猫のようだった。

甲斐《かい》はふと、訊《たず》ねてみた。

「ところでお前、今日一日家で何してたんだ」

「近所のスーパーで冷凍ピザとコーラ買ってきて、巣ごもりゲーム三昧の有意義な一日でしたよ。あ、生活態度が悪いって顔してます。それは仕方ありません。だって私は悪の〈組織〉の一員なので」

「その悪って犯罪の意味であって単なる堕落じゃねえだろ。……まあお前のニートっぷりは今更だけどさ、せめて家にいるなら家事ぐらいやってくれ」

「なんかその言い方、お兄様と私が結婚してるみたいですね」

「じゃあ離婚してくれ。とにかく、今度の日曜日は朝から晩まで俺がいないから、ちゃんと飯食って洗いものして洗濯物も干しとけよ」

「はいはい」

「はいは一回」

「むーっ、最近お兄様が生意気ですね。〈組織〉の実験動物だという立場を分からせてやらねばなりませんか？」

さらっと恐ろしい脅迫をしてくる。仮に夫婦ならDVかモラハラじゃないかこれ。

ふとした会話の狭間《はざま》に、外道《そとみち》がぽつりと言った。

「……学校、楽しいですか」

「ああ、まあ、結構楽しいよ」

「よかったですね」

甲斐は知らない。どうしてこの中学生ぐらいの少女が、悪の〈組織〉なんてやっているのか、他人同士の男とこうして一年、けろっと同居しているのか。

彼女の親はどこで何をしているのか、どうして学校に通わないのか、それとも通えないのか。甲斐は、何も知らない。

聞いたことはある。が、いつも軽くはぐらかされる。

そしてその度に、ただでさえ薄っぺらい彼女の笑顔が、さらに一段とうすら寒くなることに、嫌な予感を覚えずにはいられなかった。

だから、今日も甲斐はそこへ踏み込まず、その代わりのようにこう言った。

「……文化祭、良かったら遊びに来ないか」

間をおいて、外道は明るく断った。

「無理でーす、私、実は体が弱いのでお祭りなんて行ったら死んでしまいます」

そんな舌の根も乾かぬうちに、続けてこう言った。

「あ、お兄様、冷凍庫からアイスのお代わりとって下さい」

「……はいはい」

そして次の日曜日。

四人は、予定通り学園の本棟一階、調理室に集まっていた。本番もここを厨房《ちゅうぼう》とし、喫茶店は向かいの空き教室と、屋外に並べたテラス席を利用して営業される。

「できたぞ」

「早くね？」

「スープが業務用のお湯割りだからな。麺茹《ゆ》でて、具材盛るだけだからすぐできる」

実習用のコンロのついたテーブルに、甲斐《かい》はてきぱきとどんぶりを並べていく。

甲斐が並べたラーメンは極めてオーソドックスな三種類、しょうゆ、みそ、チャーシュー。

いずれも業務用のスープと中華麺だが、具材だけは代々のレシピ由来の手作りだ。

甘風炉《あまふろ》はレンゲの中に麺とスープを器用に入れて、冷ましながら一口食べて。

「うん美味《おい》しいよ！　ロウ君料理うまいね、お店で出せそうだよ！」

「ありがとう。業務用のありあわせだし、実際出すんだけど」

甲斐はちらりと、黒乃《くろの》の方を見た。

「では、私も、いただきます」

黒乃は髪を耳の横にかけると、箸の先をラーメンにつけた。

甲斐はその姿から、ついつい目が離せなかった。かすかな緊張が、胸を締め付ける。

「美味しいです」

一口食べて、黒乃は真っ先にそう言った。

安堵《あんど》にも似た嬉《うれ》しさを、甲斐は表に出さないように口元に力を込めた。

「このメニュー、甲斐くんが考えたのですか？」

「いや、代々の調理手順のマニュアルがあったんだよ」

先輩部員からそれを渡された時、別に自分でオリジナルメニュー作ってもいいよと言われたが、そこまでするつもりはなかった。

新しいものを一から作るのはなにか性に合わないというか、今のカタチを忠実に守る方が楽だと甲斐は思う。だからこそ、自分は弓道が好きなのかもしれない。

丸栖《まるす》がチャーシュー麺を一息にすすり、バチンと箸をおいてこう言った。

「味なんかどうでもいいんだよ。要するに祭りなんだからな。いいか、客はラーメンじゃなくて雰囲気を食ってんだ」

どこかで聞いたことのあるようなセリフを吐きつつ、丸栖は腕組みをした。

「重要なのは利益をどう上げるかだ！　さすがに素人仕込みを普通のラーメン屋と同じような値段で出せないからな。客単価が低い分は回転率でカバーするしかない。

……そう考えると、おい甲斐、これ最短どれぐらいで作れる？」

「まあ材料揃《そろ》ってれば、ラーメンもパフェも一つ五分ぐらいだけど」

「いいだろう。じゃあ同時に何個作れる？」

「厨房《ちゅうぼう》の一人につき二個ぐらいが限界じゃないか？　多分」

「少ないぞ。一人同時に三個……いや四個作れるようにしろ」

「いや、それは流石《さすが》にきつい……というか丸栖。お前、なんか」

「モノポリーのおじさんみたい」

「資本主義の精神が露骨ですね」

甲斐《かい》を含む三人分の白い視線を物ともせず、丸栖《まるす》は言った。

「おいおい、よく考えてみろよ。文化祭の模擬店ほど儲《もう》けられる商売もないぜ。生徒が働くから人件費はかからない。電気ガス水道の設備負担も学校持ち、何よりイベントだから集客は保証されてるようなもんだ。ここで稼がずにいつ稼ぐんだよ？」

「わたしは目先のお金よりも、皆との思い出を大事にしたいんだけどなー？」

「ははは、競争社会の敗者の戯言《たわごと》か？」

「詩亜《しあ》ちゃん、こいつ黙らせて」

「はい。黙れ」

「すいませんでしたぁっ!!　でも冷たい視線ありがとうございます！」

そうして三種類のラーメンについての試食と、一通りのレビューが終わり。

「ロウ君！　ラーメン食べ終わったよ！　ということは～？」

きらきらとした期待のまなざしに、甲斐は応えた。

「ああ。さっき作って冷蔵庫で冷やしてあるよ」

やったぁ！　と歓声を上げて甘風炉《あまふろ》が冷蔵庫へスキップし、取り出してきたのは。

「おお。見た目は様になってるな」

「これは……」

丸栖と黒乃《くろの》が、感心したように声を上げた。

それはパフェだった。ラーメンと並ぶ、弓道部喫茶店のもう一つの花形メニューである。

「ラーメンはともかく、よくパフェなんて作れたな甲斐」

「何代か前の先輩がユーチューブに作り方動画残してくれてたからな」

「すごいです」

ぱちぱちと、黒乃が無表情のまま拍手をしてくれる。

しかし甘風炉は、取り出したスマホをパフェに向けると、眉根を寄せて呟《つぶや》いた。

「んー……でもやっぱ、んー？　なんかイマイチだなあ」

「何をしているのですか」

「あ、詩亜ちゃん。ちょっと見てよ。このパフェ写真撮ってみたんだけどさ、どの角度から撮っても、なーんかインパクトに欠けるっていうか、イマイチ映《ば》えないというか……そんな感じしない？　ロウ君には悪いけど……」

「私には、特に問題ないように見えますが」

「俺もそう思うぜ。いかにもザ・パフェって見た目だし、これで普通に通用するだろ」

「そうなんだけどぉ。……言っていい？　言うね。普通じゃ物足りないの！」

両拳を握ったその拍子にツインテールを揺らしながら、甘風炉はこのパフェでは自分の求める水準に達していないのだと力説した。

「だってだって、わたしと詩亜ちゃんが看板娘やるんだよ⁉　わたしたちみたいな美少女に提供されるパフェってそれなりの風格というか、それ相応の名物感が欲しくない？」

「いや理屈は分からんでもないが——それ自分で言うか？」

呆《あき》れたような丸栖《まるす》が、珍しく正論を言うのを皮切りに、他二人も続く。

「私を巻き込まないで下さい。別にどんなパフェでも構いません」

「そう言われてもな……じゃあ甘風炉《あまふろ》はどうしてほしいんだ？」

「見た目をね、もっとSNSで万バズしそうな、というか確実にする感じにしてほしいなーって、思うわけですわたし」

そう言うと、甘風炉は現段階のパフェの横に己の顔を寄せ、パシャリと一枚。

自撮り写真を見せつけながら、熱弁の続きをふるった。

「ほらほら見て見てー！　パフェが完全に、わたしのかわいさに負けてるじゃん！　わたし完膚無きまでに大勝利じゃん！　ゆえにこの程度のスイーツじゃなくて、わたしはわたしに並び立ち、天下を二分する強敵《とも》を求めているのだ！

……というわけで喫茶店広報担当として命じまーす！　今日はこのパフェの改造案を全員で考えること！　名案でるまで帰れませんし帰しません！　はいルーズリーフとペン！　みんなアイデア書いてね！」

「マジで……？」

薄々分かってはいたが、甘風炉も、丸栖とは別方向で面倒極まりなかった。

呆然《ぼうぜん》とした甲斐《かい》の呟《つぶや》きに同調するように、丸栖が言った。

「見た目なんて上手《うま》い感じに写真加工でいいだろ。それより原価とオペレーションの方

が——」

「うるさーい！　この資本主義の筋肉め！　わたしのかわいさに自己批判せよ！」

ぽこぽこ。甘風炉《あまふろ》の拳が、丸栖《まるす》の腹筋を叩《たた》いた。

「いや全然痛くないわ、鍛えてるから」

「……ちく」

「ぐわあああ痛いっ！　おまっ、シャーペンの先で刺すのは反則だろっ⁉」

そうしてケンカを始めた二人はもう放っておくことにして、甲斐《かい》は渡された白紙のルーズリーフを見て途方に暮れた。アイデアを出すのは苦手だ。

しかし甘風炉の剣幕《けんまく》を見ると、無視するわけにもいかない。

とりあえずネットで検索して、なんかよさげなものを引っ張ってこようとした。

その時、同じようにルーズリーフを片手にした黒乃《くろの》が、困ったように問うてきた。

「甲斐くん、あの、どうすればいいでしょうか……？」

「黒乃さんも、思いつかない？」

「はい。甲斐くんはなにか名案がありますか？」

自然に、黒乃は甲斐の隣に調理室の椅子を寄せた。

ふわりとした黒髪と、ほのかに赤い瞳の上目遣いに、不意に跳ねそうになる心臓を抑えつけて、甲斐は言った。

「いや全然思いつかなくてさ。……二人で考えてみる？」

「はい」

黒乃の表情は変わらない。けれど、その声は柔らかく。

そうして甲斐は黒乃と、二人でアイデアを話し合った。

7　――side 黒乃詩亜《しあ》――

黒乃は、甲斐と二人で帰り道を歩いていた。

結局決まらず、一旦解散の運びになったのだ。パフェの改良案は持ち帰りの宿題になった。

『わたしも本気で考えるから、みんなもちゃんと考えてきてね！』

とは甘風炉の去り際の言葉。

「どうしたもんかな」

隣で、お手上げのように甲斐が言った。

「……すみません。私がお役に立てないばかりに」

あれから二人で話し合い、ネットのレシピを参考に色々提案したが、すべて没だった。

黒乃はこれまで、食事に興味を持ったことが無かった。栄養補給以上の意味などないし、どうでもいいと見下してすらいた。

その時、不意に甲斐のお腹《なか》が音を鳴らした。

黒乃《くろの》が視線を向けると、白髪の少年は気まずそうに目を逸《そ》らした。

「生理現象です。私は気にしません。……甲斐《かい》くん、もしかして空腹なのですか？」

「ああ。その、今日のラーメンはほとんど丸栖《まるす》が食って、パフェは甘風炉《あまふろ》が食ってたし
……俺も作ったり意見聞くのに集中してたから、実はあんまり食べてなくてさ」

朝飯も少なめにしちゃったし、と甲斐は気恥ずかしそうに頭をかいた。

「黒乃さんはちゃんと足りた？」

「はい。私は十分食べました。改めて、ごちそうさまでした」

そっか、と甲斐は続けて。

「悪いけど俺、少しコンビニ寄っていいかな。別に待たなくていいから」

そう言う少年の爪先は、もう通学路途中のコンビニへ向いていた。

あの、とか。じゃあ、とか。そんな前置きを置き去りに、黒乃の口は動いていた。

「私も、一緒に行きます」

——そして買い物を済ませて、黒乃は甲斐と一緒に帰り道に戻った。

「ごめん。付き合わせて」

甲斐はホットスナックを咥《くわ》えながら器用に喋《しゃべ》り、空いた手でおにぎりの包装を剥《む》く。

黒乃は、それを交互に食べる横顔をじっと見つめた。

（美味《おい》しそうに食べますね。よっぽど空腹だったのでしょうか……なんか、かわいいです）

「黒乃さん。はい」

甲斐の手がレジ袋から差し出したのは、缶コーヒーだった。

「付き合わせちゃったお礼というかお詫《わ》びというか、迷惑料だよ。でもお腹空《なかす》いてないってさっき言ってたから、いつも教室で飲んでる奴《やつ》」

「あ、ありがとうございます」

憶《おぼ》えていてくれたことに嬉《うれ》しさを感じながら、黒乃は両手でそれを受け取った。

いただきます、と言って、缶を開けて口をつける。

いつもと同じ、苦みがした。特段美味でも何でもない。けれど。

「……不思議です」

「？」

「なんだか、いつものものより美味しい気がします」

一緒に行くファミレスでの食事や、今日の甲斐が作ったラーメンもそうだった。

食べていると、味覚ではない何かが満たされるのだ。

（味なんてどうでもいいと、彼は言っていましたが……そうかもしれません）

黒乃は、雰囲気を食べていると表した、丸栖の言葉を思い出していた。

確かに、究極的には味覚そのものに意味なんてないのかもしれない。

意味があるのはきっと、彼と一緒に過ごす時間の方なのだ。黒乃は自然と、そう思っている自分を発見した。

「……黒乃さん、変わったよね」

オレンジ色の日曜日の夕焼けを背後に、甲斐《かい》はぽつりと言った。

「何というか初めて会った時は、その、すごいクールというか。こんな風にコーヒー奢《おご》ったりなんて考えられなかったというか」

「そ、それはその……その節は、失礼しました」

言葉につられて、黒乃《くろの》は当初の自分の態度を思い出していた。仮に能力で時間が戻せるなら、過去の自分をぶん殴りたい。

「俺、確か初対面でなんて言われたっけ。ミドリムシだっけ」

「……ぞ、ゾウリムシと」

そうだったと、甲斐は珍しく、悪戯《いたずら》っぽく笑う。

「も、もう忘れて下さい。私が悪かったですから……」

黒乃は消え入りそうな声で言った。

自分の非を認めたことなんて、一体何時《いつ》以来だろう。

そしてやはり、他人の目から見ても、自分は変わったと思われているのか。

（本当に、いけません……）

これは恐らく、エージェントとして相応《ふさわ》しくない、歓迎すべき変化ではない。

そう思って、黒乃はいつものように、その場限りの自制心を発揮しようとした。

しかし、そこで、甲斐は滑り込むように言ったのだ。

「やっぱり俺、今の黒乃さんの方が好きだな」

「――――」

黒乃の足が止まった。

足だけでなく、心臓が、胸の裡《うち》の全てが一瞬、確かに止まった。

「……あ、いや別に、丸栖《まるす》みたいにヘンな意味じゃなくて、あの、そのあくまで友達としてすごい話しやすいからって文脈であって――」

黒乃は足を止めたまま、時を忘れて甲斐を見つめた。

そして思う。

この人は、私の時間を止められるんだと。


――マンションの自室、玄関のドアを閉めて、黒乃はずるずるとその場にへたり込んだ。

恥ずかしい。それにこわいから、無理だと諦めていた。

この気持ちを、彼に告げるのは。

けれど、でも。これ以上我慢するのは、それよりもずっと。

「無理です……」

だから、黒乃は決めた。

「……告白、しましょう」

第六章　止まらぬ想《おも》いの初デート、そしてパパ

1　——side 黒乃詩亜《くろのしあ》

休日、日曜日。

午後四時を回ったころ、黒乃は部屋で一人、キッチンの前に立っていた。

新品のまな板と包丁。そこに並んでいるのはスーパーで買ってきた食材だ。

玉ねぎ、ニンジン、ジャガイモ、豚肉。そしてカレールウ。

「よし……やりますか」

黒乃詩亜、人生で初めての料理である。

「大きさは一口大……一口大？　一口って人によって違いますよね。そこはセンチ単位で表記すべきでは。まったく、不親切です」

スマホで検索した大手食品メーカー公式サイトのレシピにぼやきながら、トントンと、たどたどしい手つきで野菜を切る。

試作会の日から、ちょうど一週間が経過していた。

あの日の帰り、黒乃はついに、甲斐《かい》へ告白をしようと決意した。

だからといって、必要な量の勇気がすぐに湧いてくるわけではない。

（いきなり告白なんて、その、非常識ですからね。まずはもっと、仲良くなってからです）

よって黒乃は、段階を踏もうと考えたのだ。

切り終わった野菜と肉を鍋に入れ、慎重に火をかける。

（ネットで見ました。世の中のお隣さんは度々、料理の……カレーのおすそ分けするのだと）

これなら学校外で会いに行く口実になるし、喜んでもらえれば好意も抱いてもらえる。告白までのファーストステップとしてベターだろう。

そうして一時間後、カレーが出来上がった。レシピにない材料は一切使用せず、分量も工程も、煮込み時間もレシピ通り。素人のアレンジはヤバいとネットに書いてあったからだ。

黒乃はスプーンで一口、味見をしてみた。

「……うん。よく分かりませんが大丈夫でしょう。具材に火は通っていますし」

あとはこれを持って、隣の甲斐の部屋に行けばいい。

簡単なことだ。そう、簡単なことだ。

「つ、作りすぎたから、良かったらどうぞ……いえ、そうじゃなくて、もっとこう。う、うう〜〜っ、い、一体、なんて言えば自然なのでしょうか……っ!?」

隣室の玄関先で時間を停止すること小一時間ほど、黒乃は鍋を空中に止《とど》めたまま、腕を組んでマンションの廊下を右往左往していた。

簡単なわけがなかった。むしろ一番の難関である。

そもそも甲斐《かい》はカレーが好きなのだろうか、あるいはもう夕飯を食べているから要らないんじゃないか、なんか今日の私の前髪ちょっと変じゃないですか、等々……二の足どころか三の四のと踏みまくって止まらない。

(なんでこういう、一番大事なところをどうしていいかだけはネットに書いてないんですか)

その答えは自分自身の中にしかないからだが、黒乃《くろの》はそんなことすら知らない。

(もういっそ、今日は一旦やめにして、出直しましょうか……)

悩むことに疲れ、諦めかける。しかし、

(いえ……ここで引き下がったらダメです。私は、最強無敵のエージェントなのですから)

これは任務と同じだと、思考を切り替える。

だとするならば、国際警察機構・秘密天秤部《シークレットリブラ》所属、S級エージェント、クロノシアが、やっぱり怖いからやめるなんてできるはずもない。

(……い、いきます)

黒乃は意を決して時間を動かし、震える指でチャイムを押した。

そして程なく、ガチャリと内鍵の外れる音とともにドアが開き。

「はーい、どちら様ですか?」

黒乃の前に現れたのは、見知らぬ少女だった。

まだらに白が混じった金髪のショートカット。薄いキャミソールに、太ももを丸出しにした極短いルームパンツ。くりくりとした黒い瞳が、黒乃を見上げている。

黒乃は再び時間を止めた。そして叫んだ。

「きゃあああああっ!!　だ、だだ、誰ですかこの女は――っ!!　な、なな、なんで甲斐くんの部屋に、そんな薄着でいるんですかぁああああああっ!!　…………もしかして」

停止解除。黒乃は無表情に戻って、話しかけた。

「あの、あなたは、甲斐郎《ろう》くんの妹さんですか？」

「はいそうですよ。ちなみに事情があって苗字《みようじ》も違います。私の名前は外道極悪《そとみちこあ》、14歳です」

良かった、本当に良かった。黒乃は内心で胸をなでおろした。

「私は同じクラスで隣の部屋の、黒乃といいます。あの……カレー作りすぎてしまって」

「はいはい、どうもすみませんね。お兄様なら外出中です。良かったら上がります？」

（お兄様って呼ばれてるんですね、甲斐くん）

「は、はい。ありがとうございます。お邪魔いたします」

こうして、黒乃は意図せず甲斐の部屋に招かれた。鍋はコンロに置かせてもらった。

（甲斐くんのお部屋……ま、まさかこんなあっさりお邪魔できるなんて！）

渡されたクッションに正座して背筋を伸ばす。黒乃はなんだかそわそわした心地だった。

自分の部屋と同じ間取りなのに、空気が違う。

ハンガーにかけられた男物の制服や、机に置かれたコップをつい目で追ってしまう。

「どうぞー。飲み物はコーラでいいですか？」

「あ……お構いなく、です」

そしてマグカップに注がれたコーラを、遠慮がちに口に含んだと同時だった。

「ところで黒乃詩亜《くろのしあ》さん。お兄様のこと好きなんですよね」

「ぶほっ！！？？!?」

噴き出す直前、どうにか時間停止が間に合った。

空中に飛散した飛沫《しぶき》をティッシュで回収し、自室に戻ってゴミ箱に捨てて戻ってくる。

停止解除。

「いえ、その……どうしてそんな事を」

「いやだって、今時カレー作りすぎたからおすそ分けってあり得ないでしょう。普通余ったら冷蔵すればいいだけですよね。それでもなおあり余るって業務用の鍋でも使ってるんです？　もうこの時点で明らかに意図的に余らせたと分かるわけで、つまり、お兄様に会うためのベタベタな口実としか考えられません」

（……ど、どうしましょう。甲斐《かい》くんの妹さん、名探偵です）

こあ、と名乗った少女は椅子に座って微笑を浮かべて、黒乃を見下ろしている。

「で、どうなんです？」

「ええと……その」

黒乃はまるで取り調べを受けている気分になった。普段は自分がする側、というか追い詰める側なのに、今は手も足も出ない。

（こ、これが惚《ほ》れた弱みというものですか……というか本当にどうしましょう）

素直に認めるべきだろうか。

確かに恥ずかしいけれど、この場に本人がいないのが救いだ。

けれど、この何だか意地悪そうな妹を通じて、本人に伝わる可能性がある。

そして何より、この気持ちを初めに渡すのは、甲斐本人がよかった。だから。

「すみません。その……言いたく、ありません」

「へえ。そうですか。ところで、髪留めのリボンがほどけてますよ」

「え!?」

黒乃は慌てて、手で触れて確認した。が、そんなことはなく。

少女を見ると、にっこり笑ってこう言った。

「嘘《うそ》でーす」

「…………あの、こあさん。もしかして、からかっていますか」

「もちろんです」

だって。

「お兄様があなたのことをよく話すものですから、なんだか嫉妬してしまうのです」

（——え？　甲斐くん、が……？　私のこと、を）

その時、玄関から物音がした。

2　――side 甲斐郎《かいろう》――

「ただいま」

近所のコンビニから帰って玄関を開けると、甲斐は見慣れない靴を発見した。

いや、見慣れてはいる、けれどどこの靴は。

まさかと思いリビングに行くと、そこには想像通りの人物がいた。

「あ、甲斐くん。その……お邪魔しています」

「ああ、どうも。……というか、なんで？」

クッションの上で正座する、黒乃詩亜《くろのしあ》がいた。

「カレーのおすそ分けだそうですよ」

椅子の上でくるくると回りながら、外道《そとみち》が言った。

「ところでお兄様、アイスはちゃんと買ってきましたか？」

「ああ。それは冷凍庫入れとく。それより、カレーのおすそ分けって、黒乃さんが？」

嘘《うそ》だろ、まさか今時そんなベタなことする奴《やつ》いるのかと思ったが。

（まあ、黒乃だしな……）

あり得るというか、実際に今あり得ている。

緊張が唾を飲み込ませた。大丈夫、見られてヘンなものは家にない。強いて言えば外道とかの正体がバレたらまずいと思うが、そこは彼女がなんとかしてくれると信じるしかない。

「えと、ありがとう、黒乃さん。夕飯まだだったから助かったよ」

「どういたしまして。その、良かったです」

そこで黒乃の返答は途切れて、沈黙が降りた。

外道は椅子の上で、つまらなそうな顔でくるくると回っている。

黒乃は、視線を下げたまま立ち上がらない。

彼女が何かを期待しているように思えたのは、自分自身の願望だろうか。

甲斐は数秒考えて、強いて落ち着けた声で訊《たず》ねた。

「黒乃さんも、夕飯まだだったりする？」

「あ、はい」

「良かったらさ、三人で一緒に食べない？」

そう言った喉の奥が、震えていた。

コンロで温め直したカレーを三人分、平皿に盛りつける。米は冷凍していたものがあった。

「いただきます」

足の短いリビングテーブルを三人で囲む。

黒乃《くろの》の手料理を前に、甲斐《かい》は期待というより覚悟をしていた。

しかし意外にもそんな必要はなく。

「!? 黒乃さん、このカレー、普通に美味《おい》しいよ」

「本当ですか。お口に合ってよかったです」

「……何ともつまらない味ですね。野菜の種類と煮込み時間が足りないからコクがありません。それに既製品のルウ使ってますよね、スパイスの風味も物足りないです。あとジャガイモ入れないで下さい、最後まで冷めずにアツアツだから嫌いなんです」

「す、すみません。こあさん。つ、次は気に入ってもらえるように頑張りますね」

甲斐は外道《そとみち》を睨《にら》み、苦言を呈した。

「こら。折角《せっかく》作ってもらったのになんだその態度」

「でもでもお兄様？ 私なら、これよりずっと美味しいカレー作れるんですけど？」

「嘘《うそ》つけ、お前のカレーめちゃくちゃ不味《まず》いじゃねえか」

「は？（げしげし）」

「いてっ！ おいやめろ、食ってる最中に背中を蹴るな」

そこでふと、甲斐は視線が気にかかった。

黒乃を見ると、彼女は食事の手を止めたまま、じっとこちらを眺めていた。

「……あ、すみません、お二人の様子が微笑《ほほえ》ましかったので、つい見つめてしまって……

私、表情が動かなくて不気味ですよね」

「いや、そんなことないと思うけど」

「え？」

「ああ、いやなんでもない。とにかく気にしないでいいよ」

そうして食事が終わり、甲斐は三人分のコップに水を注いだ。

（しかし、驚いたな）

今まで黒乃が部屋を訪ねて来るなんてことはなかった。いや、もっとすごい露骨なアプローチをされたりもしたが、それは時間を止められている最中のことだ。

まさか、こんな風に普通にやって来るなんて思いもよらなかった。

「ところで、甲斐くん。あの、先ほどこあさんから聞いたのですが」

黒乃が話しかける。甲斐はコップの水を口に含んでいた。

「私のことをよく話していると」

むせた。外道を睨むと、知らんぷりのように顔を逸《そ》らされる。

（この野郎……余計なことを、っていうかお前が、あとで〈組織〉に報告するからって色々聞くからだろ!?）

「……い、いや別に悪口とか変な話題じゃなくて、そう、黒乃さん高校から始めたのにもう俺より弓道上手《うま》くなってるから、その、すごいなって」

「おまけにおっぱいデカくて美人だぜたまんねえなぐへへって——」

「んなゲスいこと一言も言っとらんわ！　お前もう黙れこの野郎！」

外道《そとみち》の額を小突くと、わざとらしく泣き真似《まね》を始めた。腹が立つことこの上ない。

「そ、そうなのですか。……えと、なんだか、照れてしまいます」

いつもの無表情に少しだけ朱を混ぜて、黒乃《くろの》は俯《うつむ》いた。

その仕草に、背景に見える自分の部屋に、不意にドキリと甲斐《かい》の心臓が跳ねた。

そこで、外道の小声が意識を引き戻す。

「(お兄様、鼻の下伸ばしてるとこ失礼しますが、この女はやめといた方が良いですよ)」

「伸ばしてねえよ」

「?」

「あ、ごめん、なんでもない」

甲斐は黒乃に手を振って誤魔化《ごまか》した。外道は続けて耳打ちしてくる。

「(そもそも昨今、ご近所だからって手作りカレーのおすそ分けとかあり得ないでしょ。どう考えても距離感と空気感バグってますよこの女。彼女にしたらぜーったいエグイ束縛してくる地雷系のタイプですね間違いないです)」

「(いやさすがにそんな奴《やつ》じゃないだろ……多分)」

「(絶対そんな奴です。私の勘が告げています)」

それに。

「(あなたの立場で本当に付き合うんですか？　罪悪感は、もう忘れました？)」

「……」

分かっている。なあなあにして、距離感を保つしかないってことぐらい。

けれど、それはそれでとても卑怯《ひきよう》じゃないのか？

その時、甲斐と黒乃、二人のスマホが同時に鳴った。

画面を見るとグループラインに丸栖《まるす》からのメッセージが来ていた。

『@甲斐@黒乃さん　当日使う食材の発注をそろそろお願い』

「あ、そういや忘れてたな」

甲斐は呟《つぶや》いた。文化祭当日に使用する食材調達の担当は甲斐と黒乃の二人だ。確か、毎年利用しているスーパーを訪ねて、今年の分の食材を注文しなければならない。

文化祭当日まで、残り三週間ほど。次の週末には行かねばならないだろう。

「甲斐くん」

「はい？」

スマホから顔を上げると、一体何事か。張り詰めたような無表情と目が合った。

そんな黒乃は、まるでこれから討ち入りでもするような真剣さで、こう言ったのだった。

「良ければ、一緒に行きませんか」

「……えーと、食材の発注に？」

「はい」

「……二人で？」

「は、はい」

それって、つまり。

(デートじゃん)

認識した途端、甲斐《かい》の中で先ほどの罪悪感が首をもたげた。

けれど、どこか不安げに揺れる、ほのかに赤い瞳に見つめられて。

結局、甲斐は頷《うなず》いていた。

「俺で、よければ」

その横で、外道《そとみち》はやれやれと首を振った。

3　―side 黒乃詩亜《くろのしあ》―

部屋に戻った後、空の鍋をシンクの水に浸して、黒乃はぽつりとつぶやいた。

「……お風呂に、入りましょう」

髪のリボンをほどき、制服を脱いでシャワーを浴びる。ぬるま湯が顔に当たり、胸にたまって床に落ちていく。そしてまだ、心臓がどきどきしていた。

予想外だった。まさか自分から、あんな提案を甲斐にできるなんて。

浴室から出て長い髪をドライヤーで乾かしながら、黒乃は静かに思考を重ねた。

あくまでも食材の発注に一緒に行くだけだ。

だから、デートというわけではないけれど。

「で、でもやっぱり二人で出かけるって……意識、してしまいます」

甲斐も、同じことを考えていてくれるだろうか。もし、そうであれば。

（……こ、告白、できるチャンスかもしれません）

そうして髪が乾いた頃、黒乃はふと気が付いた。

「……そうです。服を、どうしましょう」

黒乃は今まで制服と部屋着兼下着で生活してきた。それで事足りたし、ファッションに興味などなかった。とにかく、よそゆきの私服など何の用意もないのである。

「仕方ありません。新しく買いましょうか」

機構から振り込まれる毎月の生活費にはかなり余裕がある。今まで特に無駄使いもしていなかったのが功を奏した。というわけで早速、スマホを使って調べ始めたが。

「……イマイチ、ピンときませんね」

言わずもがな、黒乃にファッションに対する審美眼など養われているはずもない。

よって、そもそも何が自分に似合うのかという判断がつかなかった。

どうすべきか、少女は長考し、一つの考えに至った。

相談しよう。誰に。——甘風炉《あまふろ》、は却下だ。

「絶対に、からかわれる気がします」

とは言っても、同性の心当たりなど彼女以外にいない。

そこでさらに悩んだ挙句。黒乃は、最終手段を取ることにした。

所変わって、都内某所のオフィスビルの地下13階。

深夜零時過ぎ、デスクの前でスーツを着た一人の女性が背伸びをする。

ここは一般に秘された国際警察機構支部のオフィス。そして彼女はクロノシアの担当オペレーター、塩丹怜美《しおにれみ》。現在、夜勤中。

「ちょっと休憩しましょうか」

小型冷蔵庫から、コンビニで買ってきたデラックス特濃生カラメル生クリーム焼きスフレプリンを取り出して、塩丹は上機嫌に鼻歌を口ずさんだ。

「ふんふ〜ん、やっぱ勤務中のデザートは格別ね。このために生きてると言っても過言ではー」

とんとん。

「ひゃあっ!?」

なまめかしいカラメルにスプーンを埋めようとした直前、塩丹は唐突に背後から肩を叩《たた》かれた。そして短い絶叫。手に持っていたプリンごと、椅子から転げ落ちる。

まさか不法侵入者かと、デスク裏の拳銃とブザーに手を伸ばし、彼女はもう一度驚愕《きょうがく》した。

「エ、エージェント、クロノシアっ……!?」

「勤務中、失礼します」

そこには、いつも通話越しにやり取りする機構のＳ級エージェント。

クロノシアこと黒乃詩亜《くろのしあ》が、学校の制服姿で立っていた。

「お、驚かさないで下さい……ああ、もう、夜食のプリン楽しみにしてたのにぃ」

「机の上を見て下さい」

「あ、あれ？　落としてない……」

「その前に時間を止めました。さておき休憩の前に、私の用件を聞いていただけますか」

「わ、分かりました。ですがその、連絡をいただければすぐに対応しますから、わざわざ直接出向かなくとも――」

「通話記録を残したくなかったので、直接来ました」

やばい、拒否できない流れだと、塩丹は直感した。

国際警察機構が誇る最強無敵の時間停止能力者。あらゆる任務を冷徹に達成する機械のような少女。彼女が今まで瞬殺してきた犯罪組織は十や二十ではきかず、きっと軍隊相手でも素手で解体できてしまうだろう。

塩丹の背中を冷や汗が伝った。彼女にとって、黒乃とはそういう化物じみた存在であり、恐怖度でいえば上司よりも上位にランクインする。

黒乃はそこで暫《しば》し無言を挟み、言った。

「極秘の、任務に関して相談があります」

「極秘？　あの、そういう機密性の高い案件については、私の権限ではどうにも……」

聞き返す塩丹《しおに》に、黒乃《くろの》は有無を言わさぬように言った。

「私の個人的な極秘任務です」

「は、はい」

「次の週末、友達と出かけることになったので……最適な装備の選定に協力して下さい」

一瞬、塩丹は言葉の理解に戸惑い、数回の瞬《まばた》きの後、こう言った。

「つまり、その、友達と出かけるための私服を選んでほしいと？」

「……はい」

「ええと一応確認ですが、クロノシア。その友達というのは異性ですか？」

「…………諸般のリスクを鑑みて、まったく完全に回答できません」

異性だな、と塩丹は直感した。

冷徹で、任務一筋のエージェントだと思っていたが、

(ビックリしたぁ……でも、こういうことに悩んだりするなんて、意外と普通の子なのかも)

塩丹から黒乃への印象がちょっと変わった瞬間だった。

「分かりました。それではそのまま立っていてもらえますか」

緊張から解放された塩丹は椅子に座り直し、スマホを構えた。

黒乃の写真を撮影し、アプリ上で様々な服装のフレームを重ねてコーデを決めていく。

その様子を無表情に、じっと眺める黒乃が言った。

「そういう便利なアプリがあるのですね」

「あとでお教えしますよ。次回からは自分で使ってみてください」

「はい。ありがとうございます」

（というか写真写りもいいし、改めて見るとすごい美人ね、この子。あ〰〰、着せ替え欲が止められないわ〜）

数分後、塩丹は黒乃のスマホへデータを送り、言った。

「一応、何パターンか参考画像を作ったので送信します。量販店で構いませんので、似たような服を探してみてください」

「はい。……えと、ご協力感謝します」

（うんうん。デート頑張ってね〜。来週あたり、相手はどんな子なのか聞いてみようかしら）

ぺこりと頭を下げる黒乃を、塩丹は内心、老婆心溢《あふ》れる笑顔で送り出した時だった。

その刹那――部屋の温度が、物理的に一℃下がった。

そんな錯覚をするほどの冷気が、塩丹の背筋をピタリと凍らせる。

「お世話になりました。が、最後に一つだけ、念押しします」

顔を上げた黒乃の無表情は、ホッキョクグマを凍死させそうなほど冷たかった。

「くれぐれも、今日のことは他言無用でお願いします」

「え、あ、はい……あの、もしも、誰かに喋《しゃべ》ったら」

「その発言は、もう明日を迎えたくないという意味でしょうか」

「イイエ。イノチニカエテモシャベリマセン」

ロボットのように返答する塩丹《しおに》。よろしい、と黒乃《くろの》は頷《うなず》いた。

「ではこれで。口止め――ではなく謝礼は、机の上に置いておきます」

次の瞬間、時間を止めたのか、黒乃の姿はもう消えていた。

同時に、デスク上に出現した大量のプリンが倒壊し、塩丹は再び椅子の上から転倒した。

むくりと、プリンの中から身を起こし、手近の一つを開封して容器から直接口の中に放り込む。それから、やっぱあの子怖ぁいっ！

「……～～っ、やっぱあの子怖ぁいっ！」

4　――side 甲斐郎《かいろう》――

そして土曜日の朝、約束の一時間前。

甲斐は時計を確認しながら、部屋の中をせわしなくうろついていた。

「お兄様。うるさいです」

「何も喋《しゃべ》ってないだろ」

「挙動がうるさいです。まったく、デートぐらいでなにを浮かれているのですか」

ソファに寝っ転がった外道《そとみち》は、相変わらず露出過多のルームウェアだった。

「でっ……デートじゃない。あくまで、喫茶店に使う食材発注に行くだけだ」

「言い訳乙。意識してる時点でもうデートですよ」

どうでも良さそうな気だるげな声に、甲斐はどこか茶化《ちゃか》されているような気がした。

それから五分ほど沈黙が降りて、甲斐は気の進まない声で訊《たず》ねた。

「なあ、極悪《こあ》」

「なんですか」

「……俺の格好さ、変じゃないか？」

白いポロシャツにベージュのチノパン。自分では清潔感を意識したつもりである。

「まあいいんじゃないですか、無難そうな格好で。……というかそもそも黒乃詩亜《しあ》は、あなたのことが好きなんですから、下手な冒険さえしなければまず減点にはならないでしょう」

黒乃は、自分のことが好き。そんな指摘に甲斐の胸は跳ねた。

同時に、まるで誰かにそう言ってほしかった自分自身に気付いてしまったような、どこか居心地の悪い気持ちになった。

「ところでお兄様、今朝私の化粧水と香水、勝手に使ってましたよね」

「うぐ……すまん」

少しならバレないと魔が差したが、見られていたらしい。

バツが悪そうに謝ると、外道はふふんと鼻を鳴らした。

「匂いで分かります。というわけで肌ツヤツヤシトラスミントのお兄様、私へのお土産はコンビニ新発売のプリンがいいです。……まあとにかく、肩肘張らずに行ってきたらいいんですよ。くれぐれも、手術や〈組織〉について、ボロを出さないで下さいね」

そうしているうちに、時刻は約束の五分前を切っていた。

「行ってらっしゃい。あまり、遅くならないで下さいね」

そんな声に送り出されながら、甲斐《かい》は玄関のドアを開けた。

「――おはようございます、甲斐くん」

果たして、黒乃《くろの》はそこに立っていた。

ノースリーヴの白いブラウスに強調された華奢《きゃしゃ》な肩と女性らしい胸元、そして髪色と同じ黒いスカートは、シックなベルトで細いウエストを全体の印象とともに引き締めていた。

いつもよりもやや凝った結びのリボンの下で、どこか不安そうな視線をこちらに向けて佇《たたず》む少女は、決して多くはない語彙を甲斐の頭から吹き飛ばすのに十分なほど魅力的であり。

つまるところ、めちゃくちゃかわいいと、甲斐は思ってしまった。

「あの、何かおかしいですか」

「え？　ああ、いや、そうじゃなくて……黒乃さんの私服、初めて見たけど、すごく似合ってるからびっくりしたというか、てっきり制服だと思ってたから」

「ありがとうございます。……でも、私がファッションに無頓着だと思っていたのですね」

飛び出てしまった本音を今更しまい直すわけにもいかず、甲斐は謝罪で上塗りした。

「ごめん」

「構いません。あまり興味が無かったのも、事実ですから」

「……じゃあ、行こうか」

「はい。あの、甲斐くん」

黒乃は呼び止めて、ぺこりと頭を下げた。

「今日は、よろしくお願いします」

顔を上げた彼女はいつもの無表情なはずなのに、どこか柔らかく、浮かれている様に感じられた。


文化祭当日に使用する食材の注文先は毎年同じ、街中の業務用スーパーだった。

そのため、明るいポップスと特売セールのアナウンスが流れる店内を、甲斐は場違いにめかし込んだ黒乃と一緒に歩く羽目になっていた。

もちろん、ムードも何もあったものではない。

「甲斐くん。それで、どうすればいいでしょうか」

「ん。ああ、そうだね。とりあえず当日使う食材は丸栖《まるす》がリストにしてくれたから、その通りに店員さんに注文するか」

そして。

「お待たせいたしました。こちらお客様控えになります」

甲斐《かい》は、店員から明細の書かれた伝票控えを受け取った。文化祭当日はそれらを顧問の車で受け取りに行き、学校に運ぶ予定だ。

腕時計を見る。時刻は十一時十五分。これで、今日の仕事はつつがなく終了してしまった。

（……なんでちょっと残念に思ってるんだ俺は）

「じゃあ、黒乃《くろの》さん。帰ろうか」

「……はい」

背後に控えていた黒乃の返事には、どこか名残惜しそうな間があった。

二人並んで店内を出て、まだまだ陽射《ひざ》しの高い街に出る。

その瞬間、時間が止まった。

「嫌です」

その声はぽつりと、止まった世界の中に落とされた。

「折角《せっかく》、勇気を出したんですから……もっと一緒に、いたいです。もっといろんな場所に行きたいです。それに、もっと」

私を見てほしいですと、黒乃は甲斐の前に回った。

「甲斐くんは、そう思ってくれませんか……」

時間が戻る。

「では、帰りましょうか」

黒乃《くろの》の声色は、ごく平然としていた。

余計なものを、止めた時間の中に置き去って来たかのように。

そうして隣から前へ、歩き出した黒髪とリボンが、どこか切なげに揺れて。

――甲斐《かい》は咄嗟《とっさ》に、その手を掴《つか》んでいた。

「……え？」

「……ご、ごめん。でも、その」

黒乃の白い手首は少し冷たく、柔らかくて。振り返った瞳は驚きに見開かれていた。

甲斐は必死で、自分の行動の口実を探す。

「あのさ、もうすぐ、お昼だから」

時刻は十一時三十分。高鳴る心臓が、早鐘を打つ。

「せっかくだし、一緒に昼飯、食べてから帰らない？」

絞り出した言葉に、黒乃は数秒固まって。

まるで時が動き出したかのように、こう答えたのだ。

「……はい。よろこんで」

5　―side 甲斐郎《ろう》―

そうして、甲斐は人生で初めて、真剣にランチの店を探していた。

しかし時刻は休日のお昼前。この辺りは駅にほど近く、休日だったこともあり、どこの店も行列ができていた。

「黒乃さん、えと、何か食べたい料理ある？」

「いえ。別になんでも——いいと言うと困りますよね。分かりました。大至急、最重要事項として検討します」

「いやそこまで本気《ガチ》になられても困る」

ふと、甲斐は通りがかったチェーンの牛丼屋が空《す》いているのを発見した。

（いや……さすがにそれはないだろ）

もう少し歩けばチェーンじゃなくて、なんか良い感じで、空いている店もあるはずだ。いつもリーズナブルで美味《おい》しい牛丼屋には失礼だが、今日はお前如《ごと》きで妥協したくはない。

そう考えて、通り過ぎようとした時だった。

「あ。甲斐くん、このお店が空いていますよ」

「え」

黒乃に手を引っ張られて、甲斐は抵抗する間もなく牛丼チェーンに入店した。

「私こういうお店も初めてです。ファミレスとは違った形態のチェーンのようですが……甲斐くん、もしかして苦手でしたか？」

「あ、いや、別に……嫌いじゃないけど」

なんの先入観もない黒乃《くろの》の言葉に、甲斐《かい》はそれ以上何も言えなかった。

無論、デートには相応《ふさわ》しくないし、などとは言い出せるわけもない。

(いや違う。これはその、あくまで発注のついでに一緒に昼飯食うだけであって……だから、そもそもデートじゃないし)

無理やりにでもそう思わないと、今の距離感が辛《つら》くなってしまう気がした。

二人で狭いテーブル席に向かい合って腰を下ろし、セルフサービスのお冷をとる。

それから、注文用のタブレット端末を二人で眺めた。

「私は牛丼の大盛で、甲斐君はどうしますか?」

「ああ、うん。どうしようかな」

黒乃の分をタップして追加し、甲斐は何気なしに期間限定メニューのタブを眺めた。見ると『メガ盛りフェア』とやらが開催中らしく。

「すごいな。とんかつコロッケカレーチーズインハンバーグローストビーフ牛丼って最早《もはや》なんなんなんだよ」

「なんだか、頭を使って考案されたとは思えませんね」

黒乃の率直な言い草に、思わず甲斐は苦笑した。

すると彼女は、何かを思いついたようにポンと手を叩《たた》き。

「あ……甲斐くん、私、思いついたかもしれません」

何のことだろうか。訝《いぶか》しむ甲斐に、黒乃はそっと耳打ちした。

甘い彼女の香りが近づいて、耳にかかる吐息が甲斐の頬《ほお》を熱くした。

「つまり……ごにょごにょ、ということです」

「……ああ、なるほど。うん、俺もそれは名案だと思うよ」

「本当ですか。そう言ってもらえると嬉《うれ》しいです」

そんな黒乃の声を、やけに大きな自分の鼓動とともに聞きながら、甲斐は並盛を注文した。


牛丼屋で会計した後。甲斐は腹ごなしに散歩を提案した。

帰ろうという言葉は、なぜだか出てこなかった。隣の黒乃が呟《つぶや》く。

「私、初めてです。街の中をこうやってお散歩するのは」

(どうしよう。……こういう時ってどっか、入った方が良いのか?)

交際経験の無い甲斐とて、あまり女性を歩かせるものではないのは分かる。かといって、黒乃が興味を持ちそうな場所も思いつかなかった。

結果として、二人で並んで歩くこと暫《しば》し、ふと黒乃が街角を指さして声を上げた。

「わ、甲斐くん。あのお店は何でしょうか」

そこには閉店したパチンコ屋かと見まごう、くすんだ白い外壁の建物があった。光の消えた電飾看板を見るに、どうやら。

「ゲームセンター……?　って、まだ生き残ってたんだな」

最後に足を運んだのは一体何時《いつ》だろう。スマホを持って娯楽が手近になってから、頭の片隅からいなくなってしまったような気がする。

　どういう店なのか概要を説明してから、甲斐《かい》は訊《たず》ねた。

「黒乃《くろの》さん、興味あるの？」

「はい。あ……い、いいえ、甲斐くんの好きなところを優先してもらって大丈夫です」

（なんか、子供が気を遣ってくるみたいで、心苦しいな……）

　だから、街中に化石のように取り残されたゲームセンターに寄ってみることにした。

　そして、甲斐は即座にその選択を後悔した。

「うわあ……」

　なんか薄暗い店内には、なんというか半分グレたような外見のお兄さんやお姉さんがたむろしていた。休日なのにもかかわらずあまり人がいないので、どういうわけかと思ったら、どうやらこの辺りのヤンチャな層のたまり場になっているらしい。

「甲斐くん、甲斐くん。あのゲームは何でしょう？　トレーニング器具のようですが」

「えと、あれはパンチすると点数出してくれる奴《やつ》で……というか、そうじゃなくて！　黒乃さん。悪いけどここのゲーセンはちょっと……」

　治安が悪すぎると言うには、もう遅かった。

「——ねえ、そこのカノジョ。良かったら俺らと遊ばない？」

「あっちにさ、面白いゲームあるから」

　金髪ピアスと茶髪に鼻ピアス。いかにもな風体の男二人が、黒乃の進路を塞ぐように、強引なナンパをかけてきた。まずい、そう思った瞬間、甲斐は動いていた。

心配したのは黒乃ではない。彼らの命だ。

「やめて下さい、俺の連れです」

「あ？」

ガラの悪そうな視線がこちらの頭を見た。不本意な白髪が、多少なりとも迫力に寄与してくれればいいが――しかし、効果はなさそうだった。

「は？　なにお前、カノジョのカレシなの？」

「いや、えと……」

甲斐がたじろぐ、すると金髪ピアスが嘲笑《あざわら》うように言った。

「じゃあさ、こうしね？」

先ほど黒乃が指したパンチングマシーンに、金髪が流れるように百円玉を入れて、殴る。

ファンファーレ、歴代ベストスコア１２０点の表示。

「白髪カレシと俺らで～、パンチ勝負！　強い方が彼女お持ち帰りな！」

「いや、そういのはちょっと……」

「は？　ヒトをやる気にさせといて引き下がるワケ？　許せねえな。ホワイトカラーなら責任取れや。テメーの顔面で、振り上げちまった俺の拳の責任の所在を明白にしろよ」

「おいおいトモキ、素人相手に勘弁してやれよ。ボクシングヘビー級世界チャンピオンの親戚の甥《おい》の友達と同じ小学校だったお前の黄金の右ストレートを――」

百円玉の投入音が響いた。

いつの間にか、黒乃《くろの》はパンチングマシーンの前で無造作に拳を構えていた。

二人の不良が振り返った瞬間、凄《すさ》まじい打撃音と衝撃波が吹き荒れて。

店内に響くファンファーレ。歴代ベストスコア999の表示。

「——どちらですか。次にスコアを更新されたい顔面は」

「………まことにごめんなさいでした」

逃げるように二人は去っていった。

「甲斐《かい》くん、大丈夫ですか」

「うん。何ともないよ。その……ありがとう」

「ですが、次からはああいったことはせず、最初から私に任せてくださいね。危険ですから」

「ご、ごめんなさい」

「でも……守ろうとしてくれたのは嬉《うれ》しかったです。甲斐くん、かわいかったですよ」

（かわいい……？）

そこはカッコよかったと、嘘《うそ》でもいいから言われたかった。

そうして——すっかり遅くなった帰り道には、日が沈んでいた。

電車に乗って駅を出て、マンションへの道を歩く。

あれから黒乃とゲーセンをはじめ、色んな店を覗《のぞ》いたりした。彼女はそのどれも初遭遇だったようで、表情こそ変わらないものの、好奇心旺盛な小猫のように反応していた。

というか、黒乃は無表情ではあるが、その実、かなり感情豊かだ。雰囲気が変わるから、隣にいるとすぐわかる。それに。

(時間止まってる時は、笑顔にもなるし……)

自分だけが知る、彼女の素顔。

今日だけで何度も遭遇したそれを、甲斐は胸にしまって持ち帰る。

「……着いたね」

「……はい」

エレベーターを降り、甲斐と黒乃はそれぞれの部屋の前に立った。

燃え落ちるようなオレンジ色の夕陽《ゆうひ》が差し込んで、廊下のコンクリートに濃い影をつくる。黒髪の少女は、そんな明暗の狭間《はざま》で少年に振り返った。

「甲斐くん、今日はありがとうございました。楽しかったです」

甲斐は、何かを言おうとした。恐らくきっと、当り障りのない言葉を。

しかしその前に、**時間が止まった。**

「好きです。……そう、告白しようと思っていたのですが。ダメですね、私。……やっぱりまだ、勇気が出ません」

そう言って歩き出した黒乃が、止まったままの甲斐の隣に並ぶ。

肩と肩が触れ合って、寄りかかるように、少女は少年の体に身を預けた。

それから、夕暮れよりも真っ赤な笑顔が、スマホを構えて呟《つぶや》いた。

「だからせめて、思い出に、させて下さい」

パシャリと、カメラのシャッターを切る。

ツーショットだった。

やめろよ、と甲斐《かい》は言いたかった。

そんなことしたら、まるで本当に恋人みたいじゃないか。

けれど、声は出せなかった。

「じゃあ、私はこれで……おやすみなさい、甲斐くん。また明日」

「……また明日」

時間の戻った世界で、黒乃《くろの》が隣室のドアの向こうに消えていく。

数秒の間、甲斐は動き出せなかった。

動き出せば、そのままバラバラになってしまいそうなほど。

心臓が、高鳴っていたから。

6　―side 甲斐郎《ろう》―

「どーん」

玄関を開け、靴を脱いだ甲斐を出迎えたのは、外道《そとみち》のドロップキックだった。

「ごっほぉ!?」

甲斐は一旦くの字に折れて、フローリングの廊下に仰向《あおむ》けに転がった。

そして立ち上がろうとした腹筋に、柔らかい体重が馬乗りしてくる。

「お帰りなさい、お兄様……お土産のプリン、忘れていませんよね？」

その声が表情が、気のせいだろうか、自分を待ちわびていたように思えたから。

甲斐は抗議の代わりに、こう返した。

「……ただいま。ああ、ちゃんと買ってきたよ」

——暫《しば》し後、キッチンに立った甲斐の背中に、外道は食後ならぬ食前デザートのプリンを片手にこう訊《たず》ねた。

「デート、どうでした？」

「……デートじゃない」

「はいはいそうですね。で、どこ行ったんですか」

「飯食って、ゲーセンとかいろんなとこ」

「初デートでチェーンの牛丼屋は、私流石《さすが》に馬鹿かこいつって思いましたよ？」

「うるせえ、見てたんなら聞くな」

「ねえお兄様」

声色の変わった問いかけが、甲斐の背中に刺さった。

「あの女に。告白とか、してもいいですよ。別に」

夕飯の支度をしようとしていた甲斐《かい》の手が、ピタリと止まった。

「罪悪感さえ、あなたが割り切れるなら」

「……」

「〈組織〉としては、今のようにデータさえ収集できればそれでいいので。むしろ距離感が近くなればそれだけ情報が入手できますから、付き合うのはむしろ歓迎です」

だから。

「正体を隠したままなら、彼女と付き合うのは止めません」

「そうかよ」

聞き流す振りをしながら甲斐は冷蔵庫を開けた。夕飯のメニューが、決まらない。

だから、外道《そとみち》に訊《たず》ねてみた。

「今日、何がいい？」

「カレーがいいです」

「この前食っただろ。黒乃《くろの》が作ったやつ」

「お兄様のカレーが食べたいです」

その声は、いつものふざけたリクエストとは違った雰囲気がした。

「……わかったよ」

切った野菜をレンジで温め、炒《いた》めた豚肉と一緒に鍋にかける。

「お兄様、私、カレー好きなんです」

「知ってる」

甲斐は薄々感付いていた。彼女が最初に作っていたのもカレーだった。

それがどうしてかは、知らないが。

するとリビングから、外道が言った。

「お母さんが、よく作ってくれたのです」

その声に、甲斐は少しだけ息が詰まった。どうして急に、そんな話を。

「私が〈組織〉に誘拐された日も、作ってくれたんです。カレー」

外道は語った。自分は小さい頃に誘拐されて〈組織〉に売られ、そこでいろんなことをされたし、させられたと。でも、忘れられなかった。

「だからカレーは、家族の味なのです」

甲斐は、どう反応していいか分からなかった。

だから無言で、出来上がったカレーを机に並べた。

「お兄様」

「……なんだよ」

「ジャガイモ、入れないで下さい」

7　──side 黒乃詩亜《くろのしあ》──

昼休みの教室。

「どうでしょうか」

「えーっ⁉　めっちゃいいじゃん！」

黒乃が手渡したルーズリーフを眺めて、甘風炉《あまふろ》が歓声を上げた。

それは、甲斐《かい》との……デート中に黒乃が思い付いた、喫茶店パフェの改良案だった。

「すごいすごーい！　詩亜《しあ》ちゃん、どうやって思い付いたの？」

「えと、牛丼屋で昼食を食べた時に」

「く、黒乃さん。あんな庶民的なチェーン店を利用するのか⁉」

驚いたような丸栖《まるす》の声に、隣の席で甲斐がぼやいた。

「庶民的な店の何が悪い」

「？　なぜおまえが不機嫌になるんだ、甲斐」

ともかく。

「よーし、これ採用！　じゃあわたし、今夜お家で試作品つくってみるね！　で、写真撮って皆に送りまーす！」

「？　手々《てて》、あなたが作るのですか？」

「うん。流石《さすが》にもう一度試作会やるの手間だし、調理室もさ、本番二週間前だともう使用許可とれないでしょ？」

「ああ。もう他の出店団体で使用予約埋まってるからな」

丸栖が頷《うなず》く。

「それに、今回はわたしのわがままだったからね。ちゃんと具体化と商品化は責任もってやり遂げるよ！」

「驚いたぜ。わがままって自覚あったのか」

甘風炉が丸栖を蹴った。

それを眺めて、甲斐が言った。

「やったね、黒乃さん」

黒乃は頷いた。

「はい。やりました」


学校が終わり、部活も終わり、一緒に帰った甲斐と別れて、黒乃は自室に戻ってきた。

玄関のドアを後ろ手に閉じて、息を吐く。

ずっと最強無敵の兵器として生きてきた。友達と遊んだり、恋をしたり、そんな普通の学生みたいな楽しみや恋愛なんて、自分の人生には関係ないものだった。

時を止めて、敵を倒す。それでいい、それだけでいいと思っていた。

けれど、最近どうしてだろう。

楽しい。

あの四人で何かをしたり、何かを作り上げるのが。

そして、彼と二人で、色んな場所に行って、他愛《たあい》もないことを話すのが。

そんな普通の時間が楽しいと。そう思えて、仕方ない。

黒乃《くろの》は思う。私は変わった。それが、自分にとって褒められた変化ではないと分かっているけれど。

「……せめて、卒業するまでは」

このままでいたい。呟《つぶや》いたその瞬間。

――目の前に現れた黒い人影に、黒乃は咄嗟《とっさ》に時間を止めようとした。

「遅いぞ」

しかし、それより先にガードを掻《か》い潜《くぐ》った拳が、腹部に一撃を入れてくる。

反射で固めた腹筋を貫いた、強烈な衝撃に息が詰まり、時間停止を妨害された。

だがしかし、反撃は実行していた。

居合のように放たれた右の足刀を、敵は左手でガードする。

常人なら腕が吹き飛ぶほどの衝撃に、敵は廊下を数歩分後退した。

間合いは確保した。黒乃は、この隙に今度こそ時を止めようとして、

「やめておけ。お前の時間停止は私には効かん。知っているだろう」

スイッチを入れられた廊下の電灯が、オレンジ色の光を放つ。

明かりの下に立っていたのは、白髪交じりの黒髪を後ろに撫《な》でつけた、ダークスーツの中年男性だった。背は高く、ジャケットの上からでも研ぎ澄まされた筋肉がわかる。

そして、一切の温かみを感じさせない無表情が、黒乃を冷たく見下ろす。

男の名は、黒乃鳥我《くろのとりが》。

国際警察機構・秘密天秤部《シークレットリブラ》、部長。

「久しぶりだな。なんて体たらくだ――詩亜《しあ》」

「……パパ」

黒乃詩亜の上司兼、父親である。

第七章　動き出す妹

1　―side 黒乃詩亜《くろのしあ》―

過去の話になる。

幼少期の黒乃詩亜に訓練を施したのは、実の父親である鳥我《とりが》だった。

『詩亜。お前の能力は、最強だ』

『ふふーん。当然です。だってわたし、パパの娘ですから』

黒乃詩亜、当時7歳。

屋内の広い訓練場、剥《む》き出しのコンクリートの冷たい床で、父と娘は対峙《たいじ》していた。

『だが』

『――っ!?』

時間停止、は間に合わなかった。

黒乃は能力発動までの一呼吸以下に間合いを詰められ、腹に一発、拳を食らって倒れこむ。

『無敵ではない。なぜだか分かるか』

『う、うう……』

痛みで呼吸ができない、能力が発動できない。

　容赦なく、父は表情すら変えずに黒乃の顔横数ミリを踏みつけた。

『実戦なら、お前は今死んだ。なぜだか分かるか』

『わ、わかりま、せん……』

『隙があったからだ』

　娘を冷たく見下ろす男の瞳は、一切の温《ぬく》もりを欠いていた。

『今、お前は私の動きに先制して時を止められなかった。そして私が殺気を見せた瞬間も、わずかながら反応が遅れた。だが、お前は決して油断していたわけではない。脈拍と呼吸は適度な緊張状態にあり、物事に冷静に対処できる状態だった、にもかかわらず、お前はできなかった。なぜだ？　――それは、お前の心に隙があったからだ』

　父の言葉は、痛みとともに娘の心に刻まれた。

『いいか。覚えておけ。隙とは「好き」のことだ』

　父は、まるでそれが唾棄すべきものであるように続けた。

『私が父親だから、家族だから、そういった好意がお前の心に隙間を生んだのだ。実戦でも同様だ。もし敵に同情すれば、あるいは他の何かに気を許せば、それは必ずお前の心に隙を作る。どんなに強力な能力でも、それを運用するのはお前という個人に過ぎんことを自覚しろ。人間的な弱みだけは、どんな能力でも克服できないのだ』

　だから。

『今日から、お前は何かを「好き」になってはいけない』

その宣告は、あまりにも残酷なものだった。

『食べ物を、飲み物を好きになってはいけない。音楽を、娯楽を、休息を好きになってはいけない。そして——家族を、他人を、誰かを好きになってもいけない。心に好きを、隙を生んではいけない。……私の言っていることが、厳しいと思うか？』

冷たい床に倒れたまま、少女は父の、それ以上に温度の無い声を聞いた。

『詩亜《しあ》。どうして、世界が平和ではないのか分かるか』

父は続ける。

『今日も、世界中に悪人がいる。他者を暴力で服従させ、自分の利益だけを確保しようとする国や組織や個人が後を絶たない。どうしてだと思う？　それは暴力が、悪が、利益を生んでしまうからだ』

父は続ける。職業倫理というにはあまりに重い、責務について。

『他人を脅して物を奪えば、労せずして得をする。邪魔な人間を力ずくで排除すれば快適になる。こうした悪は、いくら法や道徳を語ってもなくならない。なぜなら、法や道徳に反しても、それをすることで得られる利益《メリット》が確かに存在してしまっているからだ。

——だから我々の仕事は、その利益《メリット》を完膚なきまでに叩《たた》き潰《つぶ》すことだ』

それは、幼い少女が背負うには、あまりに。

『法や道徳に反していれば、必ず最強無敵の暴力で潰される。それが世界中の悪党の意識に周知徹底されれば、世界はきっと今よりもっと平和になる。

お前の能力なら、それができる。時間停止なら、それができる。だからお前は世界の平和のために、一切の隙のない――最強無敵の兵器にならなければいけないのだ。……分かったら返事をしろ、詩亜』

『……です』

歯を食いしばって、幼い黒乃《くろの》は父を睨《にら》んだ。

『嫌です！』

『そうか……』

父は怒るでもなく、無表情のまま淡々と言った。

『では、嫌と言えなくなるまで、私は今からお前を殴ろう』

その後、幼い黒乃は「はい」というまでボコボコにされた。

父の暴力に、黒乃は逆らえなかった。だから、その言葉に従うしかなかった。

そしていつしか、父と同様に少女の顔から笑顔は消え、望まれた通り、淡々と時間を止めて敵を処理する、最強無敵の兵器として完成しつつあった。

事実、それは目前だった。

彼女が高校に入学して、そして。

恋を、知るまでは。

――そして現在。

黒乃《くろの》は自室のリビングの床に正座していた。

その正面には、同じように正座した父――黒乃鳥我《とりが》がいた。

無表情同士が睨《にら》み合う。言うまでもなく、家族水入らずの空気は冷え切っていた。

黒乃は知っている。父にとっての自分は、娘ではない。ただの兵器だ。

だからこそ父はもう一度、これ見よがしにため息をついたのだろう。

手づから作り上げた兵器の性能が、いつの間にか要求水準を下回りつつあったのだから。

父の視線が、部屋の壁にかけられたコルクボードにピン止めされた写真を指した。

それは甲斐《かい》と先日出かけた時、黒乃が時間を止めて収めたツーショットだった。

「詩亜《しあ》。確認するが、一緒に写っているあの少年は、お前の彼氏なのか?」

「……いいえ、違います」

「なら、片思いをしているのか?」

「……それも、違います」

「詩亜。好きでもない相手とのツーショットを部屋に飾る女が、この世にいると思うか?」

「……可能性としては存在します」

「なるほど。では、お前はこの少年に、恋愛感情など一切ないと言うのだな」

「そうです」

黒乃は、あからさまに強く否定した。

「私は、国際警察機構のＳ級異能エージェントです。恋愛にうつつを抜かすなんてありえません。だ、だから、か、甲斐くんのことなんて、別に好きじゃありませんせん」

「嘘《うそ》つけ。絶対好きだろ」

黒乃の言い訳は、当然、あっさりと見破られた。

父はまた、ため息をつく。

「やはりか。倫理委員会の要請とはいえ、普通の高校に入学させてしまった時から嫌な予感はしていたのだが……いくらなんでも、ここまで腑抜《ふぬ》けるとは」

「ふ、腑抜けてなんかいません！」

黒乃は思わず、怒りを声に込めていた。

父は無視して、淡々と正論を続けた。

「あの写真、時間停止中に撮影したな。少年の目線が不自然だ。詩亜、ツーショットとはいえ、それはハッキリ言って盗撮だぞ」

「……ぅ、ぐっ」

「その様子だと、きっと写真だけでは飽き足りていないだろう。普段から時間を止めてあの少年に何をしている？」

「な、何もしていません」

「手をつないだか？」

「……少し」

「抱き着いたか？」

「……い、一回だけ、した、ような」

「キスは」

「……き、きき、キっ!? そ、そそ、そんなこと、できるわけないじゃないですかっ!!」

「そうか。よし、その反応ならそれ以上はないな。せめてもの救いを得た。さておき詩亜《しあ》。お前の行為はれっきとしたセクハラだぞ。今すぐやめろ」

「……」

「返事は」

「…………………はい」

よしと言って、父は続けた。

「さて本題に戻ろう。お前は弱くなった。さっき拳を合わせて分かったぞ。お前の中には迷いが、隙が生じている。だから、この少年から離れて現場に戻れ。そして実戦の勘を取り戻せ。お前に通学の権利と義務を与えた倫理委員会には、私から話を通してやる」

黒乃《くろの》は無言のまま父を睨《にら》んだ。不服だけを視線に込めて。

「承知できないか」

「はい」

「なら、私を倒してみろ、そうすれば考えてやる」

瞬間、時間が止まる。と同時。

肩に、腕に、肉体にかかる一切の負荷を無視した黒乃の拳が、音の壁を突き破って父親

の顔面に直撃する――その寸前で、受け止められた。

「……やはりその程度か」

父の左目は、黒乃とは対照的に青く輝いていた。

それは、彼が黒乃と同じ世界を視認し、適応している証拠だった。

同じ、時の止まった世界を。

「くっ」

舌打ち、黒乃は無駄を悟って能力を解除した。

「もう一度言うぞ。詩亜、お前は弱くなった。それは、あの少年を好きになって、心に隙が生まれたからだ」

父は黒乃よりも強い。その差は恐らく、きっと父の言葉通りなのだろうと、黒乃は歯噛《はが》みした。つまり――隙が、好きが、あるのかないのか。

人間的な合理性の差が、そのまま実力差となっているのだ。

「詩亜。お前をこのまま、ここでもう一度教育するのは簡単だ」

そしてぎりぎりと、わしづかみに受け止められた黒乃の拳が、恐るべき握力で圧迫された。

あともう少し、力が加えられれば指の骨が折れるだろう。

「だが、幼いお前ならいざ知らず、今のお前は立派に成長した。つまり確固とした自我がある。だから暴力で躾《しつ》けても一時的な効果しかない。頭も心も、柔らかい状態なら力ずくで形を変えられるが、硬くなった後で同じことをしても、ひびが入るだけだ」

父は少し考えた後、言った。

「お前の隙は、お前自身の意思で捨てろ。それが一番、お前の今後に影響が少ない」

「どういう、意味ですか」

「今月、文化祭があるそうだな」

そこでようやく黒乃《くろの》の拳は解放された。利き腕を力なく下げた娘に、父は言った。

「それまでは学校に通わせてやる。だから、後悔を捨ててこい」

つまり。

「この少年に、別れを告げろ」

2　—side 甲斐郎《かいろう》—

平日の朝、甲斐はいつものように、通学カバンを持った制服姿で玄関を開けた。

しかし、いつもなら同じタイミングで開くはずの、隣の部屋のドアが開かない。

黒乃が、姿を現さない。

「なんか、あったのか……？」

風邪とか病気になるような生物ではないだろうし、エージェントの任務とかだろうか。

大して気にもせず、黒乃の部屋の前を通り過ぎる。——直前で、甲斐は足を止めた。

いや、止まったと言うべきか。なぜか胸の中が、妙にざわついて仕方ない。

「……」

数秒、インターホンを押してみようかどうか、彼女の部屋の前で迷い。

結局何もせず、甲斐は学校へと向かった。

久しぶりの一人の通学路は、妙に静かで、一度も止まらない時間が、やけに長く感じた。


そして、時刻は放課後。

一週間を切った文化祭当日への準備のため、その日の部活は休みだった。

喫茶店になる空き教室で甘風炉《あまふろ》の声が響く。

「椅子とテーブル並べて、カーテンも取り替えて、そことあそこの壁に絵をいい感じに飾って、当日にアロマを焚《た》けば終わり！　じゃあ皆、頑張っていこー！」

甲斐は黙々と、借りてきた脚立の上に立って教室の模様替えに従事した。

その横で、額縁を持った丸栖《まるす》が首を傾《かし》げながら言った。

「甲斐、この絵ってどこから持ってきたんだ？」

「甘風炉が美術部の個人作品から借りてきたっぽいぞ」

「なるほどな。ところでこのムンクみたいな絵で食欲が湧くか？」

「こっちはベクシンスキー風だな……」

この世の終わりみたいな絵を並べながら丸栖が振り返り、呼びかけた。

「おーい、甘風炉《あまふろ》。ちょっとこれは、いくら何でもチェンジ案件だろ」

「わたしもそう思うけど、これでもマシなのを選んできたんだよ?」

「マジか。美術部の連中、油絵のシンナー吸いすぎじゃないか」

甲斐《かい》は言った。

「というか、いっそ飾らないって選択肢は?」

「残念ながらないんだよねー。毎年美術部の絵を飾って宣伝する代わりにー、当日接客スタッフのヘルプを頼んでるから」

甘風炉は小さなため息をはさんで、言った。

「人手不足って辛《つら》いよ。うう、あのネコちゃんロボットが切実に欲しい。……あ、そうだ! 今からでもかわいいわたしのかわいい肖像画描いてもらおっか! どう、丸栖《まるす》? 名案じゃない!?」

「うん。この絵もよく見たらなんか味わいあるな。やっぱ替えなくていいぞ」

「おい質問に答えろよ」

いつものようにケンカのような戯れ合いを始めた二人を放置して、甲斐は作業を続けた。

「……」

その横を、無言の黒乃《くろの》が通り過ぎる。

黒乃は結局、休むことなく登校した。それからいつものよう授業を終えて……そして今、黙々と客席をセットする作業をしていた。

確かに、黒乃は無口な方だ、しかし今日は明らかに様子がおかしい。なぜなら。

（一度も、時間止めてこない）

こんなことは、甲斐の記憶にある限り初めてだった。

もしかして、この前出かけたときに。

（俺が、なんか怒らせたのかな……）

しかし、それならその時すぐに反応するだろうし、事実、昨日までは普通に時間を止められて……色々された。

とにかく、今日の黒乃は様子がおかしく、そして原因不明だ。

だから気になる。気になって、仕方がない。

そして何度目かの視線を、さりげなく黒乃に向けたその時だった。

「────え」

甲斐は、思わず固まった。

黒乃の頬《ほお》に、一筋の涙が伝っていた。

彼女自身もそれに気付いたのか、**時間が止まる。止まった時の中で、少女は涙を拭った。**

再び世界が動き出すと同時、甲斐は、咄嗟《とっさ》に話しかけていた。

「あの、黒乃さん」

3　―side 黒乃詩亜《くろのしあ》―

気が付いた時にはもうすでに、それは黒乃の頬《ほお》を流れ落ちていた。

あの日、甲斐《かい》が転校してしまうと勘違いした時と全く同じ熱さが、頬を伝って床に落ちる。

「……あ」

だから黒乃は咄嗟《とっさ》に、**時間を止めた。**

涙を拭って、無かったことにして、時間を戻す。

彼に、見られたくなかった。恥ずかしいし。そして何より、甲斐はきっと心配してくれる。

そして、そんな風に優しくされたらもう、自分は耐えきれない。

だから、ああ。どうしようもなく実感する。

確かに、私は、弱くなった。こんなの最強でも無敵でもない、普通の女の子みたいだ。

そしてわかっている。こんな気持ちになることこそが、何よりの証明なのだ。

弱くなった自分はもうこれ以上、彼の側にいては、いけないのだというのに。

「あの、黒乃さん。……大丈夫?」

時間を止めるのが少し遅れたのか。やはり彼は話しかけてきてくれて。

黒乃にはそれがどうしようもなく嬉《うれ》しくて、辛《つら》かった。

「はい。何でもありません。少し、目にゴミが入っただけ、です」

「そっか。大丈夫なら、まあいいんだけど……その、なんかあったら遠慮なく相談してよ」

控えめに微笑《ほほえ》んで、彼は言った。

「友達、だからさ」

その言葉が、トドメとなった。理性が壊れる。感情が溢《あふ》れ出す。

黒乃は再び、時間を止めた。

そして襲いかかるように、甲斐の胸に縋《すが》りついた。

何も聞こえない彼に、だからこそ、全部をぶちまける。

「大丈夫じゃ、ないです……っ！」

止まった世界でとめどなく、堰《せき》を切った気持ちに歯止めは利かなかった。

突然やって来た父親に、学校を辞めさせられてしまうこと。それはつまり自分が弱くなったと判断されたからで、だから、あなたに別れを告げるように言われたのだと。

黒乃は一息にまくし立てた。

「嫌ですっ……そんなの、せっかく、一緒にお出かけできたのに、もっとたくさん、お話したいこともあったのにっ……」

止めたはずの涙がまた溢れ出す。止まらない感情が止まった世界に雫《しずく》を落とした。

そうやって、いつまで少女は少年の胸で泣いただろう。

ぽつりと、泣き止んだ黒乃は乾いた声で呟《つぶや》いた。

「……でも、仕方ないんです。私は、結局、最強無敵のエージェントですから……そうでなければ、いけない存在ですから……だから、お別れです」

そして時間停止を解除して、甘風炉《あまふろ》に声をかける。

「テーブルクロス、終わりました」

「ありがとう、詩亜《しあ》ちゃん！　じゃあ今日の準備終わり！　いつものファミレスみんなで寄って帰ろ――」

「いえ」

黒乃《くろの》は頭を下げて、言った。

「すみません。今日は予定があるので、私はこれで失礼します」

4　――side 甲斐郎《かいろう》――

甲斐は一人、いつもの道を歩いて帰宅した。

ファミレスへ寄ろうという甘風炉《あまふろ》の誘いは、気分がすぐれないと言って断った。

やけに重い玄関の扉を、後ろ手に閉める。

靴を脱ぐ。カバンを床に捨て置く。

そのまま、うつ伏せにベッドに倒れ込む。

重くなった頭が、深々とマットレスに沈み込んだ。

「……」

今日の出来事をどう受け止めればいいのか、分からない。

黒乃に、止まった時間の中で、別れを告げられた。

けれど、甲斐は自分自身の気持ちが分からなかった。

悲しいのか、寂しいのか。胸の中で激しく渦巻く嵐は、時間が経《た》てば経つほど様々な色が混ざってしまって、もう名前すら付けられない。

ただ、とにかくひたすらに、最低で不愉快な気分だった。

寝返りを打って天井を仰ぐ。電気をつけ忘れた部屋の中は、すっかり暗くなっていた。

「ああ、くそ……」

もう今日は、なにもかもどうでもいい。

いっそこのまま寝てしまおうと思った時。

「お兄様？　帰って来たのなら声をかけてくださいよ」

「極悪《こあ》……」

隣の部屋から出てきたのは、いつもの寝ぐせと部屋着の妹だった。

「見て、ないのか」

手術の際に甲斐に埋め込まれたらしい超小型カメラとマイクで、外道《そとみち》はいつも外での甲斐の様子を見ている事はもう、互いの間の当たり前だ。

だから今日のことも、もう伝わっているだろうと思っていたが。

「何をですか？　ああ……時間停止中の出来事なら私には分かりませんよ。カメラもマイクも止まりますから。だから本当に、その時間のことは、お兄様とあの女しか知り得ません」

外道《そとみち》は甲斐《かい》の隣、ベッドサイドにぽすんと腰かけて、言った。

「なにかあったのですね」

いつもなら、話しなさい、と命令口調が飛んでくる。はずなのに、今日は違った。

「私で良かったら、聞きましょうか？」

――甲斐は、全てを話していた。

黒乃《くろの》から聞かされたことを。父親が現れ、そして学校を辞めなければいけなくなったと、止まった時間の中で、彼女が涙ながらに告白してきたことを、すべて言い終えて。

黙って聞き終えた外道は、ぽつりと言った。

「そうですか」

返された素っ気のない反応に、甲斐は今更ながら不安に駆られた。

「なあ……黒乃がいなくなったら、俺たち、これからどうなるんだ」

「知りません」

甲斐の方を見ないで、外道は言った。

「お兄様の手術も私も、すべてあの女の対策のためですから。……これ以降、接触ができなくなるのなら存在価値はなくなります。そうした場合〈組織〉が私たちをどうするのかは、私にも分かりません」

でも多分。と、皮肉気な微笑《ほほえ》みがつけ加えた。

「期待は、しない方が良いですよ」

兄と妹。電気の無い部屋に、今まで続けていた二人だけの家族のフリが、薄っぺらく浮き彫りになっている気がした。

「――ねえお兄様。もし良かったら、一緒に逃げちゃいませんか」

「え……」

「どこか遠くで暮らすんです。二人で……本物の、家族みたいに」

甲斐は、答えられなかった。

どう答えたらいいか、分からなかった。

答えに窮したのを察したように、外道は甲斐の方を見て、言った。

「冗談ですよ」

その誤魔化《ごまか》したような微笑みが、冗談には思えなかったから。

甲斐は、衝動的に口にしていた。

恐らくはずっと、頭の片隅で考えていたことを。

「……なあ、もう全部やめないか」

「え？」

外道が、きょとんと疑問符を浮かべる。

構わず、甲斐は続けた。

「俺さ、黒乃に全部打ち明けようと思うんだ。アイツが、学校を辞める前に。

手術とか〈組織〉とか、俺たちのこと、全部」

「……正気ですか」

「逮捕されて、ひどい目に遭うんだろ。でも、どっちにしろこのままだと〈組織〉からもロクな目に遭わされない。ならさ、むこうに自首した方が、黒乃《くろの》がいる分、俺は信用できると思う」

そうすれば。

「俺もお前も助かるかもしれない。……いや、絶対に助けてもらえるように、俺が黒乃を説得する。だからもう、こんなのやめようぜ」

果たして。沈黙は、どれぐらい続いたのだろう。

「ふふ、ふふ、はは」

部屋に響く乾いた声は最初、それが笑い声だと分からなかった。

なぜなら、それはあまりにも。

「お兄様。それってつまり、あなたが――」

怒りに、満ちていたから。

「黒乃詩亜《あのおんな》と、別れたくないだけじゃないですか」

甲斐《かい》はベッドから飛び起きて思わず息を詰まらせた。言葉の内容に。

そしてそれ以上に、ぶつけられた感情のあまりの激しさに。

「助かる？　それで助かるのは、お兄様だけですよ！」

「――っ!?」

振り向くと同時に、見開かれた外道《そとみち》の両の瞳が、どす黒く輝いた。そして。

甲斐はその感覚を知っていた。

時間が――止まる。

しかしそれは、黒乃に比べたらほんのわずかな間で。

「がはっ」

そのわずかな間に、懐に飛び込んできた外道の拳が、およそ年下の少女とは思えない威力で甲斐の腹を打ちのめした。

そして時間が動き出す。甲斐は腹を押さえて崩れ落ちた。

何が、どうして。呆然《ぼうぜん》とした頭で、自分を見下ろす外道を見る。

「教えてあげますよお兄様。私の正体は、あなたと同じ、対時間停止手術の実験体、第一号です……でも失敗作、停止された時間を認識して動けるようにはならず、不完全な時間停止能力に目覚めただけ、止められる時間はせいぜい二秒。そして――」

言葉の途中で、外道はごほごほとせき込んだ。

華奢《きゃしゃ》な肩が数度震え、口元を押さえた小さな手のひらは、赤く汚れていた。

「……一回使う度に、体にすごい負荷がかかるんです。それに手術の後遺症、髪の毛だけで済んだあなたと違って脳髄がかなりやられましてね。寿命が、余命にしたらあと数年も生きられないんですよ。だから、つまり、生き延びたところで、どうせ私に先はない」

「な……ぁ」

息が詰まる。胃が縮む。見えない何かに背筋をつままれ、冷や汗が止まらない。

甲斐《かい》は、何を言っていいか皆目分からなかった。

ただ、もう何を言ってもどうしようもないほど、自分はこの少女の、取り返しのつかない部分に踏み込んでしまったのだと確信する。

「ああ、そうだ。決めました。お兄様、私これからあなたを――滅茶苦茶《めちゃくちゃ》にしてやる」

あっけらかんとしたその表情に、うすら寒い声音が続く。

「だって許せないから。私と同じ手術の実験体なのに、あなただけのうのうと生き延びて、好きな相手と幸せになるなんて許せない。〈組織〉も任務も、もうどうでもいいです。私の残り時間をかけて、あなたを殺してやる、踏みにじってやる」

「――――」

「嫌ですか？　やめてほしいですか？　でも、あなたが悪いんですよ？　さっき、もしもお兄様が頷《うなず》いてくれたのなら、私と一緒に居てくれるって言ってくれたなら、それでよかったんです。それだけで、よかったんです」

だって。

「お兄様と暮らすの、楽しかったから」

黒い瞳から、涙が落ちる。

拭われるにはもう遅い、大粒の雫《しずく》がぽたぽたと床に落ちた。

「……なのに、あなただけ、あの女に全てを打ち明けて助かる未来に賭ける？　いいですね。もしも上手《うま》くいったら二人とも助かるでしょう。けど私はじきに死ぬ。そうしたらあなたはどうします？　どうせ、まあ仕方なかったたって忘れ去って、あの女と幸せになるんでしょ。そんなの、許せるわけないだろうが」

だから、ねえ、お兄様。

「文化祭の時がいいですね。お望み通り、黒乃詩亜《くろのしあ》に告白してください。

そうしたら、私はお兄様をあの女の前で殺します。何をおいても、何をしてでも殺します。確かに私の力ではあの女には遥《はる》かに及びませんが、好きな男子に告白されて隙だらけの一瞬に付け入れば、目の前でお兄様一人殺せる可能性は十分でしょう。

ふふ、ちょっと想像してみてくださいよ、あの女の顔を——どうせ直後に一瞬で私も殺されるでしょうが。あの澄ました無表情が、絶望に青ざめて歪《ゆが》む瞬間を見られたのなら、とてもすっきりとした気分で死ねると思いませんか？」

「……そんな、こと」

「できない、とほざくのですよね？」

外道《そとみち》は、いまだ床にうずくまる甲斐《かい》の頭を、小さな足で踏みつけた。

「だからもう一つの選択肢です。別に私の要求を無視してもいいですよ。それとも、あの女に私のことを相談してみますか？

でもその場合、私はあなたのお友達二人を殺します。こっちはもっと簡単ですね。その後でお兄様も殺します。あなたの目も耳も加えて言動も、私に筒抜けなのはお忘れなく」

甲斐を踏みにじりながら、外道は楽しそうに声を歪ませた。

「整理してあげましょう。選びなさい。罪のないお友達二人を見殺しにしてから死ぬか。好きな相手に想《おも》いを伝えてから死ぬか。どちらがマシな選択肢でしょうね？」

「……やめろ、ふざけるなよっ」

「選べって言ったんですけど」

頭の上から重みが消えて――その瞬間、甲斐はサッカーボールのように顔を蹴られた。鼻血を出し、今度は仰向《あおむ》けに倒れる。

「まあ、告白もロクにできないヘタレお兄様ですし仕方ありません。文化祭までに、ちゃんと選んでおいて下さいね。――では」

再び、時間が止まった。

その隙に窓を開けて、外道はそこから身を躍らせる。

そして――。

電気のつかなかった部屋に、甲斐は一人残された。

最終章　そして恋と時間は交差する

1　―side 甲斐郎《かいろう》―

私立浅木《あさぎ》学園、文化祭二日前。

放課後の部活は、当日準備のために休みだった。すっかり本番用に改装された調理室に甲斐をはじめ、弓道部喫茶店担当者の四人は集まっていた。

「できたー！　うん、とってもイイ感じじゃない!?」

エプロンをつけた甘風炉《あまふろ》が歓声を上げる。そこには以前、牛丼チェーンで黒乃《くろの》の考案したパフェの、本番直前最後の試作品がお披露目《ひろめ》されていた。

透明なパフェグラスではなく、ラーメン用の中華どんぶりに、山と盛られたアイスと生クリーム、小豆とウエハースその他のトッピング。

まるで某マシマシする系ラーメンのパフェ版といった、インパクト満点のビジュアルを前に、他三人もまた目を見張る。

「実物で見ると、迫力すごいな……」

甲斐の呟《つぶや》きに、甘風炉は腕を組んで頷《うなず》いた。

「だよねだよね！　どっからどう見ても名物感抜群だよ！　あとは肝心要のメニュー名だけど、ヴィーナスプリティ甘風炉ちゃんドリームパフェとかどうかな？」

「なんでお前の名前が異物混入しててんだアホ。発案者は黒乃さんだろうが。というわけで、エターナルビューティ黒乃さんデラックスパフェとかが妥当だろ」

そう言う丸栖《まるす》に、発案者からの冷ややかな声音が突き刺さった。

「やめてください」

「……すみません」

なんやかんやを経て、最終的にメニュー名はそのまま「どんぶりパフェ」に決定された。

そうして、どんぶりに盛られたパフェを四人でつつきながらの雑談中。

「どうした甲斐？　元気ないぞ」

丸栖の声に、甲斐は誤魔化《ごまか》すように返答した。

「ああ、大丈夫、ちょっと寝不足で」

「おいおい、体調管理はしっかりしてくれよ。本番前に風邪なんて洒落《しゃれ》にならん」

「あのさー丸栖。もうちょっと優しく気遣えないの？　ロウ君大丈夫？　良かったら、わたしのかわいい顔見て癒《いや》されてね」

「ああ、うん。何と言うか……ありがとう」

俯《うつむ》きながら、甲斐は答えた。昨日からずっと、考えがまとまらない。

『選びなさい』

頭に響くのは外道《そとみち》の声。あれから、甲斐の周囲は不気味なほど静かだった。

もしかしたらすべてが、夢だったのではと思うほど。

しかし、あの日から誰もいなくなった部屋と、ぽっかり空いたような胸の痛みは、どうしようもなく、あの日が現実だったのだと教えてくる。

けれどこの二人には何の関係もない。だからせめて、表面上は取り繕おうと甲斐《かい》は思う。

「甲斐くん、ホントに大丈夫ですか」

「うん。大丈夫だよ」

どこか心配そうにのぞき込んでくる黒乃《くろの》の瞳にも、当り障りのない反応を返す。

そうして、どんぶりが空になった頃だった。

「あのー、詩亜《しあ》ちゃん」

甘風炉《あまふろ》が、黒乃に控えめに声をかけた。

「実はお願いがあってね、当日の接客なんだけど。これ……一緒に着ない？」

甘風炉は通学カバンの隣、床に置いていた紙袋を持ち上げて、黒乃にだけ中身を見せる。

「他にも何人か着てもいいよって子がいたし、わたしたち二人だけ浮くとかじゃないから安心して！　……折角《せっかく》の文化祭だし、わたし、詩亜ちゃんと一緒に思い出つくりたくて」

甘風炉はピンク色のツインテールを深々と下げた。

「だからお願い！」

「わかりました」

「そこをなんとか——って、え？　い、いいの？」

「はい」

「ホントに⁉」

「はい。ですが写真をＳＮＳにあげたりするのはやめて下さい」

黒乃は淡々と了承して、差し出された紙袋を受け取った。

「わーい、やったやったあ！　ありがとう‼」

飛び跳ねる甘風炉に、丸栖《まるす》は期待に喉を鳴らした。

「な、なあ、どんな服装で接客するんだ？」

「それは当日のお楽しみってことで！」

「……も、もしてかしてエロいコスプレか⁉」

「ちげーよ、死ね♡」

ふと、黒乃は甲斐の方へ向いて、付け加えるように言った。

「あの、甲斐くん。……そ、そういうのとは、違いますからね」

「ああ、うん。分かってるけど」


帰宅した甲斐は玄関のドアを閉じた。

「……ただいま」

やはり誰もいない部屋に、虚《むな》しい期待が響いた。

明後日《あさって》はもう、文化祭当日だ。

どうすればいいのだろう。いや、とっくに結論は出ている。

甘風炉《あまふろ》を、丸栖《まるす》を、あの二人を巻き込みたくはない。

そして、もしかしたら黒乃《くろの》なら、どうにかしてくれるかもしれない。

だから。

2　――side 甲斐郎《かいろう》――

そして、文化祭当日。

甲斐はすっかり専用厨房《ちゅうぼう》と化した家庭科室で、ひたすらラーメンを茹《ゆ》でていた。

フル稼働する換気扇の音、鍋からの熱気、スープの匂いと洗剤の香り。

開店から一時間ばかりの模擬店とはいえ立派に飲食店の裏方の風格を漂わせていた。

「追加オーダー置いとくぞ、厚切りチャーシュー麺二つと、焼き豚チャーハン二つな」

「はいよ」

甲斐は麺を茹で、その隣で慣れない中華鍋をズコズコと振るう。

他部員や臨時の助《すけ》っ人《と》もいるがそれでも人手が足りない。頬《ほお》を伝う汗をタオルで拭う。

しかしむしろ、その忙しさがありがたかった。気が紛《まぎ》れるから。

「スポドリも置いとくぞ」

「ありがとう。冷蔵庫に入れといてくれ」

「あいよ任せろ、結婚三年目の夫婦仲ぐらいキンキンに冷やしとくぜ」

料理ができない丸須は、会計と配膳、接客まで手伝ってくれていた。

「初日から儲《もう》かってるぜ！　これもお前の料理の腕のおかげ……じゃないんだが」

「知ってる」

甲斐と丸栖は、店舗に改装された調理室向かいの空き教室の方に視線を送った。

二時間待ちの長蛇の列、例年よりも客入りが多い。

せわしなく働く接客担当の部員の中で目を引くのは、やはりあの二人だった。

「いらっしゃいませ！　二名様ですね！　お席はこちらでーす」

「ご注文は」

笑顔で愛嬌《あいきょう》を振りまく甘風炉と、無表情で淡々と接客する黒乃だ。

態度は対照的だが二人とも相当な美少女だ。口コミで噂《うわさ》でも広まったのか、彼女ら目当てらしき長蛇の列は廊下からはみ出し、中庭まで延びている。

「黒乃さん、よくあの服着てくれたよな……女神か？」

そんな二人の服装は――いわゆる、メイド服だった。

ピンクを基調としたエプロンドレスに、ふんだんにあしらわれたフリル。まるでメルヘンの妖精じみた甘風炉は、とにかく愛嬌に溢《あふ》れた笑顔が好評のようだった。客から握手や写真撮影を次々に頼まれ、ほとんどアイドルの扱いだ。

一方で黒乃は、白黒のオーソドックスなメイド服、甘風炉に比べると一見地味に見えるが、彼女自身の凛《りん》とした立ち姿はどこか芸術品じみた領域にあった。

「お待たせしました。どんパ二つです」

そんな二人が運ぶのは、名物となったどんぶりパフェ。こちらもどんパの通称で圧倒的好評を博しており、丸栖《まるすい》曰《わ》く歴代パフェメニューの売り上げを塗り替える勢いらしい。

「いいよなあ。俺、後で写真撮らせてもらおうかな、黒乃《くろの》さんの方」

「いいから追加でもやし持って来てくれ、切れた」

「了解」

甲斐《かい》は調理に戻り、丸栖もまた方々へ駆け回っていく。

昼を回っても店は盛況のまま、結局午後四時の閉店まで、行列が絶えなかった。


「あー疲れた」

どかりと丸椅子に座った丸栖が、うちわを片手に呟《つぶや》いた。

半日近く稼働していた調理室の熱気は、クーラーだけではとても払いきれない。

甲斐もまた冷蔵庫で冷やしていたボディタオルで汗を拭いた。

そこにちょうど、甘風炉《あまふろ》と黒乃がやって来た。二人はメイド服のまま、甘風炉は暑そうに胸元を緩めて、一方黒乃は汗一つなく涼しい顔をしていた。

「あー疲れたしお腹空《なかす》いたぁ……まかないできてる？」

「ああ、そこにラップかけてあるよ」

「ありがと、さすがロウ君……あ、ごめんね、そういえばメイド服のままで。このままだと、わたしがかわいすぎてドキドキしちゃうでしょ？」

「おい甲斐、救急車呼んでやれ。この意味不明な言動は熱中症に間違いない」

「きーっ！　わたしは素面《しらふ》ですーっ！　丸栖こそ、その暑苦しい筋肉さっさと脱いでよ」

「着ぐるみじゃねえんだぞ、脱げるかっ!?」

そんな二人を他所《よそ》に、甲斐は冷蔵庫を開けた。

「甲斐くん。お疲れ様です」

「ああ、黒乃さんもお疲れ」

冷やしておいたスポーツドリンクを黒乃に、そして他二人に配る。

「ありがと。ねえロウ君、そういえば……まだ聞いてないなー。わたしと詩亜《しあ》ちゃんの、メイド服の感想」

するといから、丸栖が食い気味で答えた。

「黒乃さんマジ女神」

「はいはい。お前には聞いてないかなーっていうか、わたしへの賛辞は？」

「ああうん。似合ってるぜ。胸元と一緒に丸だしなあざとさが特に」

「はいセクハラ！　裁判なしで判決有罪！　そこに余ってるチャーシューの煮汁一気飲みの刑に処す」

「それって普通に死刑じゃねえかっ!?」

そんな二人をもう一度他所において、甲斐はメイド服の黒乃に向き直った。

間近で見るのは初めてだった。すらりとした長身に柔らかい輪郭の白黒の布地。クールな美貌の上にはちょこんとフリルのヘッドドレスが載っかっていた。その落差が本当に似合うというか、ドキリとさせられる。

「その、あまり見つめられると……」

「ごめん、けど、えっと……すごく似合ってるよ、黒乃《くろの》さん」

「……あ、ありがとうございます」

黒乃は無表情のまま、恥ずかしそうに呟《つぶや》いた。

そうして始まった遅めの昼食。余り物で作ったラーメンをすすり、丸栖《まるす》は言った。

「――そういや今年も夜に開催だってよ。キャンドルファイア」

それは文化祭での毎年恒例、日が落ちてからの校舎屋上で開催されるイベントだ。

科学部主催で等間隔に並べられた千個超のキャンドルに火がつけられ、何組かごとに遊歩道を渡って見物していくイベントらしい。その日だけは立ち入り禁止の屋上も、教師の監督下において開放されるそうだ。

甲斐《かい》は詳細をよく知らなかった。行ったことがないからだ。暗黙の了解としてカップル御用達《ごようたし》のイベントなため、彼女のいない男子生徒は近寄りすらしない。

そして、丸栖がその話題を出したという事は。

甲斐はまかないラーメンをすすりながら、予想通りの会話を目撃した。

「黒乃さん！　良かったら俺と一緒に行かない？」

「嫌です」

「ぷぷ。丸須のキメ顔が秒で玉砕してる」

「じゃあもう代わりにお前でいいや、甘風炉《あまふろ》。一緒に行くか？」

「死んでも嫌♡　というか死ね♡　……もうちょっと、まともな誘い方あるでしょ（小声）」

「？　仕方ねえな。じゃあ甲斐、一緒に行くぞ」

「一応聞くけど、男二人で何しに行くんだよ？」

「店の宣伝ついでに、余ったチャーシューのカップルへの無料配布とか？」

「むしろテロだろそれ。醤油《しょうゆ》と脂でロマンチックぶち壊しじゃねえか」

言いながら、甲斐は思った。もしも、叶《かな》うなら。

黒乃と一緒に、行きたかったかもしれない。

3　―side 甲斐郎《ろう》―

午後五時。

甲斐はようやく熱気の引いた調理室で、片付けと翌日の仕込みをしていた。

四人での食事の後、丸栖はどうやら黒乃に断られたらそれはそれで、サッカー部時代の友人らと待ち合わせがあるらしく、いつの間にかいなくなっていた。

甘風炉は何やらメイド服のまま、大講堂で開かれる仮装イベントに参加してくると言って去って行った。

だから、甲斐《かい》の他に残ったのは。

「甲斐くん。こっちは終わりました」

「……ありがとう、黒乃《くろの》さん」

いまだ、白黒のメイド服に袖を通したままの黒乃と、二人きり。

どうしたらいいのか、分からない。

今この瞬間も、外道《そとみち》は近くで甲斐の様子をモニタリングしているのだろう。

『告白しなさい』

その言葉が、甲斐の頭の中で響き渡る。

そうするべきだろう、そうすれば犠牲は自分一人で済む。

それにもしかしたら、黒乃なら外道の企《たくら》みを防いでくれるかもしれない。

だから自分一人で悩んでいないで、ちゃんと言うべきだ。

でも、甲斐は迷う。

それを言ってしまったら、もう本当に。

外道極悪《こあ》は、あの少女は、助からないんじゃないかと。

「甲斐くん」

呼びかけに、甲斐は意識を引き戻された。

「あの、一つだけ頼みがあるのですが」

「な、なに？」

「……甘いもの、食べられますか」

　――そして、数分後。

「どうぞ。召し上がって下さい」

黒乃が作ってくれたのは、今日一日好評を博した彼女のアイデア、どんパだった。

「あ、ありがとう」

甲斐は差し出されたどんぶりを両手で受け取った。

ビジュアルを裏付けるしっかりした重量感が手のひらに伝わる。食べきれるか不安だ。

「どうですか？」

「うん。美味《おい》しいよ」

甲斐は一口食べた。舌に染み入るアイスの冷たい甘さに、滑らかな生クリームが優しく後を追う。

「よかったです、本当に。……私、初めてなんです。自分が作ったもので、人に喜んでもらえるなんて」

黒乃は無表情のまま、雰囲気だけではにかんでみせた。

「こんなに胸が温かくなるなんて、知りませんでした」

何かを言おうとして、**そこで甲斐は時間を止められた。**

「甲斐くん」

黒乃《くろの》の両手が、頬《ほお》にぴたりと添えられた。

「これで最後です。私があなたの前で時間を止めるのは……こんなこと言っても、伝わっていないのでしょうけれど」

黒乃は、そのまま詫《わ》びるように頭を下げて、言った。

「お別れです。もう、明日から……私は、学校には来れません」

迷惑をかけて、甘風炉《あまふろ》や丸栖《まるす》その他の部員たちにも申し訳ないと、こぼす。

「でも、ごめんなさい。私は、そうしなければいけないのです」

弱くなって、しまったから。

「……と、ところで、甲斐《かい》くん。私のこの服装、本当に、その、かわいいですか……？」

黒乃はメイド服のスカートの裾を摘《つま》んで、顔を赤く染めてくるりと回った。

すっごく恥ずかしいのですよ、と非難めいて唇を尖《とが》らせる。

「でも、あなたが褒めてくれたから。勇気を出してよかったです」

それから、彼女はぺこりと頭を下げた。

「本当に、ありがとうございました」

黒乃は言った。あなたのおかげでいろんな楽しさを知ることができた。

弓道も、友達も、そして恋も。これまでの人生に無かったものをたくさんもらった。

だから、もう。

「未練は、ない……はず、なのにっ」

しかし、けれど、と、言葉を詰まらせた少女の瞳から、涙があふれる。

「なのにっ……次から次に、あふれてくるんですっ！　あなたと一緒にやりたいことが、お話したい事が！　あふれて、止まらないんです……」

時間が欲しい。彼女ははらはらと涙を流しながら、そう呟《つぶや》いた。

「デート、またしたいです。何度だってあなたと行きたいっ……！　甲斐くんのお部屋にも、またお邪魔したいし、もっと美味《おい》しいカレー作って、あなたにも、こあさんにも、食べてほしい……それで、それで、好きって、ちゃんと、時間を止めずに、言いたいのにっ」

この期に及んで、どうしても言えない。

そんな風に泣きながら、黒乃はたまりかねたように甲斐の胸に縋《すが》りつく。

それから、どれぐらい経《た》っただろう。

一秒たりとも動いていない世界の中心で、少女はぽつりと口にした。

「……でも仕方ないですよね。私は国際警察機構・秘密天秤部《シークレットリブラ》、S級エージェントのクロノシアなんです。だから、あなたを好きなせいで隙だらけの、弱いままの黒乃詩亜《しあ》では、いられません、から」

そして、少女は少年の胸から離れて、言った。

「さようなら。甲斐くん。今まで、本当にありがとうございました」

そんな別れの言葉とともに、時間が元に戻った。

「――どうかしましたか？」

そして、いつもの無表情に戻った黒乃《くろの》はきっと知らない。知るはずもない。

いまの言葉が、気持ちが、ちゃんと伝わったことを。

受け取ったこの胸が、こんなにも震えていることを。

「甲斐《かい》くん……？」

だから、甲斐は食べかけのどんパを一気にかき込んで、言った。

「黒乃さん」

「は、はい」

「キャンドルファイア、一緒に見に行こうよ」

「え——」

目を丸くした黒乃に、甲斐は一方的に告げた。

「六時開始だから。あと一時間後、屋上のとこの階段で、待ってるから」

それだけ言って、空のどんぶりを置いて、立ち上がる。

もう、迷いはなかった。

4 —side 甲斐郎《ろう》—

甲斐は走っていた。

黒乃と別れ、廊下を抜けて、人気の少ない方向へ。

そして、誰もいない校舎裏にたどりつくと同時に。

甲斐は叫んだ。

「いるんだろ、極悪《こあ》っ！」

出てこいと、深まる周囲の夕暮れに呼びかける。

ほんの一秒ほど、**時間が止まる感覚。**

果たして、目の前に現れたのは。

「うるさいですね、お兄様」

ウインドブレーカーを一枚羽織った、黒いキャミソールとホットパンツ。

外道《そとみち》極悪が、立っていた。

「いまさら何の用ですか。説得もお説教も聞きませんよ。言いましたよね。あの女に告白したお兄様を殺すか、その他の友達二人と一緒に殺すか。二つに一つです」

「……」

「どうするか、ちゃんと選びました？」

そんな外道の問いかけに、甲斐は一度、大きく息を吐いた。

それでもまだ、胸が震えていたから。激しい鼓動に任せるように、声を絞り出す。

「……いい加減にしろよ」

その反応は予想外だったのか、外道は目を丸くした。構わず、甲斐は続けた。

「うんざりなんだよ。お前もっ、黒乃も！　勝手に現れて！　好き勝手して、それでお別れだの、殺すだの！　ちょっとは、俺の気持ちを考えろよっ！」

甲斐《かい》は、同時に叫んでいた。ここにはいない黒乃《くろの》に、そしてここにいる外道《そとみち》に。

ずっと言いたかった、ずっと言えなかった、自分の気持ちを。

「黒乃は勝手に告白してきて、お前は勝手に家族になって……でも、これでいいかもって思えた時になって、なんでそっちから終わりにしてくるんだよ。頼むから一回ぐらい、こっちの気持ちを聞いてくれ。……俺は、黒乃ともお前とも、まだ一緒にいたいんだよっ！」

ぜいぜいと、気持ちを吐き出した口には、まだ熱さが残っていた。

そんな甲斐を、底なしに黒い瞳がじっと見つめて、言った。

「ねえ、お兄様……実は私、最初から、あなたとなら仲良くなれるかもって思ったんですよ。お兄様だって、家族が急にいなくなったじゃないですか」

私と同じように、と外道はつけ加える。

「一人ぼっちの二人同士……だからもし、そんなお兄様が一緒に、私と一緒に逃げるって言ってくれたのなら、本当にそれだけで良かったんです」

でも。

「あなたはそうしなかった。あの女との未来に賭けて、幸せになろうとした。今更なんだかんだ言っても、結局それなんですよ。あの時、あなたは妹《わたし》じゃなくて、あの女を選んだ。私は、それが許せない。だからせめてあなたたちの恋を、踏みにじってやらないと気が済まないから。——ここで殺してやります」

そして時間が止まる。甲斐の腹に拳が入る。

それから停止の解除と同時に、蹴りが顎を撃った。

そして仰向《あおむ》けに倒れた視界に、外道の声が落とされる。

「あのお友達二人も殺します。そしてあなたたち三人の死体をあの女に見せつけて、私の八つ当たり完了です」

そしていつの間にか外道の手には、初めて会った時と同じ、拳銃が握られていた。

「さよなら、お兄様」

暗い、まるで少女の瞳そのもののような銃口を、眉間に突きつけられて。

もうダメだと覚悟した、次の瞬間。

時間が、止まった。

5　―side 黒乃詩亜《しあ》―

誰もいなくなった調理室で一人、黒乃は胸に先ほどの甲斐の言葉を響かせていた。

『キャンドルファイア、一緒に見に行こうよ』

どういう意味だろう。そういう、意味だろうか。

じゃあ、甲斐くんは、わたしのこと――。

その時、黒乃は背後に近づく気配を感じた。

振り返ると、そこにはやはり父が、黒乃鳥我《くろのとりが》がいた。

「詩亜《しあ》、行くぞ。悔いは捨てたな」

「――いいえ」

黒乃は即答した。

「やっぱり無理です」

昼は、ほとんど自動的に動いていた。

「だって甲斐《かい》くんが、約束してくれたんです。一緒にキャンドルファイアを見に行こうって」

「……なら、その後で迎えに来ればいいか」

「いいえ」

黒乃は首を横に振った。

「それもダメです。だってそうしたら、絶対にもっとずっと一緒にいたくなるから」

そして頷《うなず》き、拳を構えた。

「私は、やっぱり甲斐くんとお別れできません。無理です。だから――。あなたに勝てば、考えてやると言いましたね。今から勝ちます」

父は、そんな娘の態度に、ため息をつく。

「……やはり、私の娘だな」

そしてこちらもまた、拳を構えた。

「言葉では、止まらないか」

そうして二人の間、だけでなく、この世界の時間が停止した。

――容赦のない父の右拳が、メイド服の娘の顔面へ迫る。

辛うじて躱《かわ》し、黒乃がカウンター気味に放ったショートフックを、父は空いた左手でガードしていた。

「っ!!　それが、どうしたっ！」

しかし次の瞬間には黒乃も動いていた。防御された拳を戻すついでに鉄骨すらへし折るハイキックを放ち、それが躱されたのなら再び拳、そして蹴り。

絶え間ない連撃に継ぎ目はなく、ほとんど呼吸を忘れたように、黒乃は徒手空拳の暴風と化した。

だが、父はその全てを的確に防御し、あるいは回避し。

「やはりな、詩亜。今のお前では、私には勝てん」

常人ならば認識不能の、極小のタイムラグ。しかし攻撃から攻撃への切れ間に、確かにある僅かな隙間を父の拳は狙いすましていた。

「ぐっ」

殴り飛ばされた黒乃が、たたらを踏んでバランスを崩す。

そこに流れこむ父のローキックからの連撃は、まるで事前にプログラムされていたような精度と周到さで、黒乃《くろの》を防戦一方に追いやった。

「教えたはずだ。好きというのは、私やお前にとって、危険な感情だ」

青く輝く左の瞳。娘とは違い時を止める能力ではないが、父は同じく時空間に関わる能力を有する者同士、時間停止の影響を完全に遮断していた。

「国際警察機構のエージェントは、いかなる時でも人類の全体幸福のために行動しなければならない。それは私達の誰もが守るべき絶対のルールだ。

少数よりも多数。目の前の一人よりも最終的に助かる百人を優先するように、私達は常に先を読み公正に天秤《てんびん》を比べながら、各国の政府が手を焼くような凶悪な犯罪者たちに対処しなければならない」

だが。

「時に人は、あっさりとそのルールを破ってしまう。どういう場合か、お前にはよく分かるだろう。例えば、友人が、家族が、恋人が人質に取られたら、それだけで心ある人間は冷静な判断力を失ってしまう。それは人間としてはまったく恥じるべき反応ではないが、私達にとっては致命的な隙なのだ」

だからこそ、と父は続けた。

「特に私やお前のような異能力者は、周囲に与える影響力も大きい。だからこそ人一倍、誰よりもルールに厳格に従わねばならない。『好き』などという人間的な感情に振り回されてはいけないのだ。私はお前をそういう風に造ったはずだぞ」

そうだ。その通りだ。黒乃は、知っている。だから、自分に母親はいない。

生まれながら能力者になるべく試験管の中でつくられた、先天的なる人間兵器。

それが黒乃詩亜《しあ》の全てであり。ゆえにこそ兵器としての義務を全うしなければならないのだと知っている。けれど。

甲斐《かい》に、出会ってしまった。

好きになってしまった。

友達ができた。あの四人の時間が楽しいと思えてしまった。

だからこそ、今の自分は父の言う通り。

「なのに、お前は今、隙だらけだ」

見透かしたような言葉とともに、放たれた拳は致命的なタイミングだった。

「だから弱い」

黒乃の防御を破り、少女の腹へ砲弾のように直撃する。

衝撃がメイド服の黒乃を壁に叩《たた》きつけた。瞬間、その意に反して時間停止が解除された。

「決着だ……帰るぞ」

コツコツと、項垂《うなだ》れた娘に歩み寄った父は、トドメのようにその手をとった。

「お前の居場所は、ここではない」

そして、まるで導くように立ち上がらせる。

しかし、黒乃は差し伸べられた父の手を払いのけた。

その勢いのまま、自分の足で立ち上がる。

「素直に予想外だ。どうして立ち上がれる」

「……わかりません」

でも。

「止まらないんです」

そして黒乃《くろの》は、再び時間を止めた。

この拳は届かなかった。厳しい言葉に打ちのめされた。それでも。

この胸の想《おも》いが、止まらないのだ。

「甲斐《かい》くん……」

好き、大好き、だから伝えたい。

その想いだけは、何があっても何をされても、止められない。

拳を放つ、防御される。構わない。

蹴りを放つ。躱《かわ》される。どうでもいい。

反撃が飛んでくる。食らう。知った事じゃない。

なぜならば、そんなことよりも。

「私も、一緒に行きたいです……っ!」

キャンドルファイア。どんな感じなのだろうか。

たくさんの灯《あか》りが並んでいて、そこをあなたと歩いて。

今度こそ、時を止めずに手をつなげるだろうか。

この胸の高鳴りを、言葉にして伝えられるだろうか。

確かめたい。そのためにもう一度。

「甲斐くんにっ!!　あなたに会いたいっ!!」

叫ぶ。いつの間にか、右目だけでなく、もう一つの瞳までもが赤くなっていた。

瞬間、黒乃の放った拳が初めて、父の鳩尾《みぞおち》に直撃した。

「これはっ……！」

「……優しいところが、好きです」

呟《つぶや》きにあわせて、続いた連撃が再び父の腹筋を貫く。

「一緒にいると、なんだか安心します」

鋭い蹴りが、その膝を砕く。

「えっちなの、見てたのはちょっと、嫌でした、けど……許します」

関節技が、繰り出された父の拳を捕らえて、腕をへし折る。

これは決して、黒乃の身体能力や格闘技が急に強くなったからではない。

すべての原因は、相対的な速度差だった。

黒乃に比べて、父の動きが、明らかに遅くなっている。

つまり、今や両の瞳を輝かせ、出力を増しつつある黒乃の時間停止能力は、本来止められないはずの父を、その上で無理矢理《むりやり》に停止させつつあるということ。

その原因は言わずもがな——黒乃《くろの》は叫んだ。

「そうだ。そうです。私の好きは、弱さじゃない。

恋をしたから、この気持ちが、私をどこまでも必死にさせるから」

だからこそ。

「私はっ、最強無敵なんだぁあああああっ——ッ!!」

そして裂帛《れつぱく》とともに放った拳が、完全に動きの止まった父の顔面に直撃した。

——黒乃は、時間停止を解除した。

壁に背を預け、荒い息を吐く父親は誰がどう見ても戦闘不能だった。

「なるほど。よく分かった……私の、負けだな」

フラフラと立ち上がり、己の横を通り過ぎた父に、黒乃は言った。

「どこに行くのですか？　パパ」

「すまんが、先に帰る。顔面と頭蓋の骨折、頸椎《けいつい》損傷、両腕の複雑骨折、右膝の粉砕、肋《ろっ》骨《こつ》粉砕、脱臼、内臓数か所の破裂があるからな」

「………ご、ごめんなさい」

「構わん、一晩あれば治る」

そこで父は立ち止まり。

「詩亜《しあ》。お前は、私に勝てるはずがなかった。しかし、勝った。お前の言う通りだったな」

どこか迷うように、しかしはっきりと言った。

「確かに、好きだらけでも……お前は強かったよ」

6　――side 甲斐郎《かいろう》――

甲斐は、止まった時の中にいた。

(は……？)

声が出ない。そして一秒、二秒……。それ以上経過しても、時間は止まったまま。

よって、これは外道《そとみち》のものではなく、紛《まぎ》れもなく黒乃の能力だと分かった。

けれどそんなはずはなかった。時間停止には黒乃が近くにいなければ巻き込まれないはず。そして一分、二分……時間が止まったまま、彼女は現れない。

甲斐は知らない。

同時刻、父との戦いの中で黒乃の能力が拡大し、瞬間的に遠隔においても甲斐を巻き込めるほどの出力を発揮していたことを。

そんな理由などわからないまま、己に向けられた銃口を見る。

体は動かない。当たり前だ、今までだってずっとそうだったから。でも、けれど。

(動け……動けよ)

動いてくれと、強く願う。理屈なんて知らない。原理なんてどうでもいい。

ただ、今この場で動けなければ、自分はもう二度と――。

そして脳裏をよぎるのは、黒乃《くろの》の姿だった。

初めて会った時の、冷たい無表情。

引っ越しの日、想《おも》いを告白された時の涙と、赤く染まった頬《ほお》。

そして今まで、止まった時間の中で見せてくれた素顔の数々を思い出して。

また、黒乃に会いたい。あの笑顔に会いたい。

その気持ちを、心の中で叫んだ瞬間だった。


『──甲斐《かい》くんに、会いたい』


黒乃の声が、意識の中ではっきりと聞こえた。

甲斐は、知らない。

この刹那、止まった時間の中で、両者が同じ想いを抱いたことを。

そしてここに、少年に施された対・時間停止手術──互いの共感をトリガーとした限定的な能力共有──その真の効果が発揮される。

「──はっ!?」

口が開く。驚きが出る。

そして腕が、体が動く。

突然の自由に困惑しながら、しかし甲斐は動いた。何よりも優先して外道《そとみち》の手から銃を

奪い——そこで、時間が戻った。

今度は逆に、立ち上がった甲斐《かい》が少女を見下ろし、その眉間に銃口を突きつけた。

外道《そとみち》は驚愕《きょうがく》に目を丸くして、しかし馬鹿にしたように嘲笑《あざわら》った。

「……驚きました。でも、どうせお兄様は撃てないでしょう？　脅しになりませんよ」

「ああ」

だから、こうするのだ。

甲斐は銃を捨てて、思い切り外道を抱きしめた。

「なっ……！」

不意を突かれた外道は甲斐を引き剥《ひは》がそうともがく。しかし流石《さすが》に黒乃《くろの》ほどの馬鹿力ではないのか、体格差を覆せない。

「くっ、こ、この……っ！　変態お兄様っ！　けど、こんなことしたところで——」

甲斐の腕の中で、外道が息を詰まらせた。甲斐の手がスマホを持っているのに気づいたからだ。

そこに表示されていたのは、黒乃のライン。

「っ!!　——させるかっ！」

どす黒く輝く外道の両目。**時間を止める、しかし、たった二秒では拘束を脱せない。**

少女はごほごほとせき込みながら、**もう一度**。さらに**もう一度**。

そうやって、何度も能力を使う度に停止時間は更に短くなり、もう**一秒すら**止まらない。

思わず、甲斐はスマホの操作を止めて、こらえきれないように言った。

「もう、やめろ、やめてくれよっ！　……極悪《こあ》」

「嫌です……」

ぽたぽたと、甲斐の胸の中に涙が落ちた。

息を切らして震えながら、少女の小さな体が泣いていた。

「やめません……だって、だって、わたしは、お兄様が、嫌いなんです」

そうして繰り返される嗚咽《おえつ》が、何度も何度も甲斐の胸を叩《たた》いた。

「なんで、なんで、どうして私より……あの女を選んだんですか。私は、ただ、お兄様と、あなたと、最後までずっと一緒にいたかっただけなのに……」

か細い声に、甲斐はようやく理解した。

ああ、彼女はきっと、ずっと寂しかったのだ。

今まで事あるごとにからかってきたのも、黒乃との関係を茶化《ちゃか》してきたのも。全部、この涙が理由だったのだと、ようやく分かった。

だから、気づけば、言葉は自然と口から飛び出していた。

「選んでない」

「……え？」

「俺はっ……お前と黒乃を比べて選んでなんかないっ！　選べるわけないだろ。だって……だってお前は、俺の家族なんだからっ！」

その言葉と同時、大きく目を見開いた外道《そとみち》が、びくりと震えた。

「……嬉《うれ》しかったのが、楽しかったのが自分だけだと思うなよ。俺だって、俺だって、父さんと母さんと飼い猫が急にいなくなって、寂しかったよ。ショックだったよ。

でも、色々滅茶苦茶《めちゃくちゃ》だったけど、お前が来てくれたから、おかげで悲しむ暇なんてなくなったんだ」

呆然《ぼうぜん》としたような外道を抱きしめたまま、甲斐《かい》は言う。

「家族だから、俺はお前に人を殺してなんてほしくない。家族だと思ってるから、俺はお前に助かってほしい。だから自分も含めて、命をさ、そんな風に投げ出さないでくれ、頼むよ」

甲斐からこぼれた一連の言葉は、きっと打算ではなかった。

果たして、それに応えたのは、くしゃくしゃの涙声だった。

「なんですか……それぇ」

甲斐の腕の中で、外道の体からゆっくりと力が抜けていく。

「ほんとにもう、やめて下さいよ、お兄様のくせに、そういうこと言うの……」

甲斐もまた力を緩める、その瞬間、突き飛ばされるように尻もちをついた。

驚愕《きょうがく》し、呆然と見上げる甲斐の前で、外道は銃を拾って。

真っ赤な顔の涙をぬぐって、こう言った。

「――ひどいことするの、やめてあげたく、なっちゃうじゃないですか」

それから穏やかに、微笑《ほほえ》んだのだ。

「お兄様。これから、黒乃詩亜《くろのしあ》と会うんですよね」

こくりと、甲斐は頷《うなず》いた。

「それでもやっぱり、絶対に〈組織〉や私のことは言わないで下さい。お願いです」

外道は言った。

「情状酌量されるかはともかくとして、真相を知られてしまったら、少なくともお兄様はもう学校には行けませんし、私ももう一緒に暮らしてはいけなくなるでしょうから」

「でもそれじゃお前が……」

「ありがとうございます。でも、私の体のことはひとまず良いですよ。流石《さすが》に今日明日の命じゃありませんし、お兄様とあの女が高校卒業してからでも遅くはありません」

外道は上着のポケットに銃をしまい、フラフラと立ちあがる。

「色々ひどいことして、ごめんなさい、お兄様。でも私、やっぱり……まだまだ、あなたと家族でいたいです」

そして頭を下げて、こう言った。

「これから〈組織〉への報告は、上手《うま》く誤魔化《ごまか》してみます。だから……どうかお兄様と、これからも一緒にいさせて下さい」

そして甲斐が頷く前に、外道は踵《きびす》を返した。

答えなど、分かっているように。

「……おい、どこ行くんだよ、極悪《こあ》」

「そんな名前の人間、いる訳ないじゃないですか」

呼び止めた甲斐《かい》に、小さく苦笑して足を止めた。

そして思い出したように、兄の耳元に口を寄せて。

「そう言えば言ってなかったですね。〈組織〉に誘拐される前の、私の本当の名前
——って言うんです」

そして、妹はまるでなんでもないように言ったのだ。

「先に帰ってますね、お兄様。あんまり遅くなったら、嫌ですよ」

エピローグ

午後六時、十五分。

屋上に続く階段の片隅で、甲斐はぐったりと欄干にもたれていた。

「甲斐くん。あの……お待たせ、しました」

廊下のむこうから、黒乃《くろの》がやって来る。甲斐は背筋を伸ばした。

着替えたのか、彼女はいつもの制服に、いつものリボンの髪留めをしていた。

甲斐は胸が締め付けられるような気がした。これが、彼女と会える最後の機会だ。

「……あの、甲斐くん。もしかしてケガをしていますか？」

「え、あ、いや……ちょっと転んじゃってさ。大丈夫だよ。軽く擦りむいただけだし」

甲斐は咄嗟《とっさ》に、汚れた制服と擦り傷を誤魔化《ごまか》した。

甲斐は何度も繰り返した言葉を喉元に準備して、階段に伸びた列に二人で並んで、屋上への入場を待つ。

「黒乃さん、飲む？」

「あ、ありがとうございます」

買っておいた缶コーヒーを差し出して、二人で飲んだ。

順番が来る。屋上に入ると、そこは別の世界のようだった。

それぞれの炎色反応を付けられた色とりどりのキャンドルが、万華鏡のように夜空の下で揺らめいている。

「きれい、ですね」

その時、ふと隣の黒乃《くろの》と、指が触れ合った。

今しかない。そんな予感が甲斐《かい》の頭を駆け抜ける。

「あの、黒乃さん」

振り向き、痺《しび》れるほどに緊張した喉を動かして、彼女の名前を呼んだ瞬間だった。

時間が、止まった。

「――甲斐くん」

潤んだ瞳が、真っ赤に染まった頬《ほお》が、甲斐を見上げたまま言った。

「面と向かっては、やっぱり恥ずかしいので……このままで言いますね」

紡がれる言葉はたどたどしく。

けれど、そんな彼女の表情は。

「私、やりました。パパに、勝ちました」

今まで一度も見たことのないほど、完璧な笑顔だった。

「だから、とりあえず、少なくとも高校卒業までは、あなたと一緒に居られます」

黒乃は俯《うつむ》いて、それから、ゆっくりと甲斐に顔を近づけて。

「それから――」

頬っぺたにされたキスは、ほんの一瞬の出来事。

「私は、あなたが好きです」

そして、伝えられた言葉はその一言。

「卒業までに、ちゃんと止まってない時に言いますから……だから」

けれど心に響いた衝撃は、きっとこれからもずっと続くように思えた。

「どうか、待っていてください」


「え、それでヘタレたんですかお兄様」

「やかましいわ……」

マンションに帰宅すると、外道《そとみち》がいた。

結局、甲斐《かい》は黒乃《くろの》に告白できなかった。

先制して時を止められて、待っていてほしいと、向こうから言われてしまったのだ。

絶好のタイミングを外されてしまい、それからずるずるとチャンスをうかがいながら手をこまねいて、最終的に機会を喪失してしまった。

甲斐の口からそんな経緯を聞いて、外道は深いため息と、呆《あき》れたような視線を返した。

「知ってます？　お兄様。最後の一本の矢を外すことを専門用語でチキンと言うのですよ」

「やかましいわ……でも、それだけじゃなくてだな」

一転して、低いトーンで真剣みを帯びた甲斐の声に、外道は眉根を寄せた。

「お兄様？　他に何か？」

「……てた」

「はい？」

「動けるように、なってた」

黒乃に時間を止められて、頰《ほお》にキスを受けた瞬間。

驚いて、彼女には気付かれなかったが、一度だけ瞬《まばた》きをしてしまった。瞬きが、できてしまった。つまり時間停止はもう、自分には効かないということで。

「なあ、その、俺さ……これからどうすればいい？」

「いや、そう言われてもですね……」

そして暫《しば》し、二人は真顔を見合わせて。

「まあ取り合えず、バレたら超絶不味《まず》いので、これからずっと我慢してくださいとしか」

甲斐は、叫んだ。

「できるかぁぁあああああああっ⁉」

こうして、一人の少年の高校生活の難易度は爆増した。

そして――そんな彼と時を止める少女との、これから先の二人の時間がどうなるのか。

それはまだ、誰にも分からない。

あとがき

お久しぶりの方はご無沙汰しています。初めましての方は初めまして、滝浪《たきなみ》酒利《さとし》です。

最初にこの場をお借りして、ＭＦ文庫Ｊ編集部様と、企画から出版まで引き続きたっぷりとご迷惑をおかけしました担当編集様、そして本作に素晴らしくかわいいイラストを描いていただいた担当のうなみや様にお礼を申し上げます。

並びに両親はじめ親類一同、五名の親友と、五名の第19回新人賞同期へ感謝を捧《ささ》げます。

色々ありまして新作が先に出ました。あの詐欺師はどうした？　あの生意気なイケメンの悲鳴の続きが聞きたい、と楽しみにお待ちいただいている方々には大変心より申し訳ありません。私も耳から血を流すほど聞きたいのでいずれ必ず出します。

というわけで新しくお披露目《ひろめ》させていただきます本作ですが、ラブコメです。すなわち現実の恋愛の誇張品としての気持ちのよいエンタメを目指しております。頑張りました。

さておき皆様、本作の表紙イラストはご覧になられましたでしょうか？　あまりにも美しい＆可愛《かわい》いがすぎて呼吸が止まってしまうとは思いますが、一時間ほど無心でカピバラの鳴《な》き真似《まね》をすると落ち着きます。私はそれで助かりました。きゅるるるるる。

というわけで、メインヒロインのような主人公でラスボスみたいな能力者の黒乃《くろの》さんが可愛いだけを詰め込んだ本作ですが、少しでも楽しんでいただけたなら幸いです。

令和まだ六年　11月ぐらい　滝浪酒利

MF文庫J

時間を止めてデレまくる、最強無敵の黒乃さん

2025年 1月 25日　初版発行

著者　滝浪酒利

発行者　山下直久

発行　株式会社 KADOKAWA
〒 102-8177 東京都千代田区富士見 2-13-3
0570-002-301（ナビダイヤル）

印刷　株式会社広済堂ネクスト

製本　株式会社広済堂ネクスト

Printed in Japan　ISBN 978-4-04-684446-0 C0193

【 ファンレター、作品のご感想をお待ちしています 】
〒102-0071 東京都千代田区富士見2-13-12
株式会社KADOKAWA　MF文庫J編集部気付「滝浪酒利先生」係　「うなみや先生」係

INFORMATION

マスカレード・コンフィデンス

好評発売中

著者：滝浪酒利　イラスト：Roitz

《最優秀賞》受賞作。

異能渦巻く近代風バトルファンタジー！